レジェンドノベルス
LEGEND NOVELS

リバーサイド・リバイバー

賽の河原の生還戦争

contents

レジェンドノベルス
LEGEND NOVELS

リバーサイド・リバイバー

賽の河原の生還戦争

第1話　突然の死

「あなたは死にました！」

「マジで!?」

ビビった。いや、マジでビビった。

だっていきなり目の前にかわいい女の子が出てきたと思ったら、そんなこと言ってくるんだぜ？

「マジです！」

そしてその子は、にっこりと笑いながらこくりと頷《うなず》く。反応があったのはまあいいとして、死んだってのはいくらなんでも納得できねーぞ。

「受け入れがたいことはわかっていますが、事実ですので、受け入れていただくしか」

って、俺の考えはだだ漏れなのか!?　心を読まれるっていうのはこういうことか、なんかすっげーヤな気分だな！

「とりあえず、ボクの説明をお聞きくださいな。時間はたっぷりありますから、よく考えて、結論を出すのはそれからでも遅くないですよ」

俺の意向はやっぱりスルーで、その子はもう一度笑った。

「まず初めまして、明良亮《あきらりょう》様」

「⁉」

おいおい、名前まで完全にバレてんのかよ。何から何まで全部筒抜けなのか。

「ご安心ください、死者とはいえプライバシーに関わることは極力関知しませんよ。名前に関しては、先に知っておかないといろいろ面倒ですから、ご容赦を」

「あー……おう……」

全部読まれてることは間違いないっぽい。俺はもう深く考えるのを諦めて、無の境地に徹することにした。

それを確認したのか、女の子はまたにっこりと笑って、ぺこりと頭を下げてくる。

「では改めまして、明良亮様。ボクはイメと申します。どうぞ、以後お見知りおきを」

「おう……よろしく？」

お目にかかったことのないレベルの丁寧さを見て、なんて言っていいのかわからなくなる。とりあえず適当に、首を傾《かし》げながら返しておく。

こんな丁寧なあいさつされたことがなかったから不安だったけど、このイメっていう女の子はそれは気にしなかった。顔を上げてにこりと笑うと、さっさと話題を変えてしまったのだ。

「さて亮様。先ほども申し上げた通り、あなたは死にました」

「…………」

改めて言われても、混乱する話だぜ。っつーか、いきなり面と向かって死んだなんて言われても、信じる信じない以前にちょっととむかつくな。

「皆さんそういう反応をされるので、人間にとっては喜ばしくない話題だとはわかっているんですが、どうかご容赦を。ボクだって、何も好き好んで言ってるわけじゃないんです。仕事だし、その経験上、一番最初にストレートに言ったほうがやりやすくなるから言ってるだけなんです」

「……なんかよくわかんねーけど、俺は死んだ。それで間違いないんだな？」

なんか引っかかる言い方だったけど、あまり深く切り込んで小難しい話をされても嫌だったから、俺は自分が一番気になっていたことだけを聞くことにする。

返事はすぐに来た。

「はい、それは間違いなく。あなたは火事に見舞われたご自宅に取り残された妹さんを助けるため、火事の中へ飛び込みお亡くなりになりました。享年十八歳と百六日、死因は焼死です」

「マジで⁉」

……マジだ。マジだよ！

今までなんでかすっぽり記憶が抜けてたけど、言われたら確かに。ぼんやりとだけど思い出してきた。

そうだ。ダチとゲーセンで遊んでたら、家が火事だって連絡が来て……大急ぎで帰ったら、妹と連絡がつかなくって。それで、きっと中に取り残されてるんだって思って……。

「残念ながらマジです。表皮のおよそ八十パーセントが焼……」

「ストップストップ！　もういい、それ以上はいい！」

畳み掛けるように俺の死にざまを言いかけるイメちゃんを慌てて遮って、俺は叫んだ。首を全力で横に振りながらだ。不思議と死んだっていう実感はないけど、それでも死んだ時の自分の身体《からだ》が具体的にどうなってたのかなんて、グロの域だと思うし。

まだ彼女が何か言いたそうにしていたけど、俺は拒否った。とにかく拒否った。このままだと全身が鳥肌になりそうだ。

「……死に方の説明はボクたちの義務なんですが、まあ、そこまでおっしゃるならこれ以上は申しません」

わかってくれて何よりだよ……。

「では続きまして、今の状況についてご説明致します」

「あ……ま、待ってくれ。一つだけ教えてくれ！」

「？　なんでしょうか？」

だけど、それはそれとして聞いておかないといけないことがある。これだけは絶対に聞いておきたい。そう思って、俺はイメちゃんを遮る。

幸い彼女は聞く姿勢になってくれた。だから俺は、遠慮なく聞くことにする。

「妹は助かったのか？　親父《おやじ》や、お袋は……」

質問の途中で、俺は言葉を切った。というのも、イメちゃんがにっこりと笑ったからだ。

「ご安心ください。あなたのご家族は全員ご無事ですよ。妹さんも、しばらくは入院でしょうけれど命に別状はありません」

よかった。俺はほーっと大きく息を吐いて、胸をなでおろした。

そうか、あいつは助かったのか。

うん、それなら、大丈夫だ。あいつだけでも助かってくれたなら、俺も命を懸けたかいがあったってもんだぜ。

「……わかった、答えてくれてありがとな。それだけ聞けりゃあ大丈夫だ」

そして俺はそう言うと、自分のほおをパンッと叩《たた》いて改めてイメちゃんに向き直る。

「うっし！　そんじゃ気合入れて話聞くぜ！　続き頼む！」

「ふふ、承りました」

イメちゃんはまたにこりと笑って、けれどすぐに真面目な顔をして語り始めた。

なんか、彼女の顔にメガネが見える気がする。もちろん幻影なんだけど、キリッとした表情で説明を始める彼女は、なんだかそんなイメージが浮かんだのだ。別に深い意味はないぞ。

「まず、今のあなたですが、要するに魂だけの状態です。焼死したあなたの身体が一見無事っぽいのは、そのためですね」

「ふむふむ」

魂だけ、ね。

まあ死んだ、ってことはそういうことなんだろうな。漫画でもよくあるしな、そういうの。

そう思いながら上を向いたら、金色の輪っかが浮かんでた。わかりやすっ。いかにも死んでますって感じじゃん。

「そしてこの場所ですが、あなたたちの言葉で言うと、この世とあの世の境目、ってことになりますかね。死後の世界とでも言いましょうか」

「……えーっと？　俺は死んだ。でもまだあの世には行ってない、ってことでいいのか？」

「はい、ご明察です」

言葉は難しかったが、たぶんほめられたんだろう。こんなかわいい子にほめられるのは気分がいいな。

「次に、どうして境目にいるのか、についてご説明させていただきますね」

「ああ、頼む」

「普通、死んだ人はまず魂の裁判にかけられます。これは生前の行いを公平に調べ、それに基づいて天国に行くか地獄に行くかを決めるものです」

「あ、それは知ってるぞ。地獄に行くと閻魔《えんま》さまにベロ抜かれるってアレだな！」

「うふふ、閻魔さまはいらっしゃいますけど舌は抜きませんよ」

「あれぇ？　いや、抜かれないならそのほうがいいけど……」

「ですが亮様の場合、そもそも魂の裁判にはかけられません」

「えっ、なんで？」

聞き返しながら、俺はちょっと内心ビクついてた。

裁判にかけられる余地がないくらい悪いことをした覚えはない。そりゃまあ、ガキの頃はガキにありがちな残酷なやり口で虫とかカエルをアレしたこともあったし、両親の大事なものを壊したのを嘘《うそ》ついて隠し通そうとしたこともあった。あったけど、それは誰もが通る道のはずだ。

……はずだけどさ。そりゃ、気になるじゃんよ。

「ご安心ください、決して即地獄行というわけではありません」

くすりと笑って、イメちゃんが小首を傾げた。そういえば、考えてることだだ漏れだったな。

でもその言葉に、俺はほっとした。と同時に、今度は疑問がわいてくる。

「じゃあなんでだ？」

「はい。それは、亮様が寿命を迎えるより早くお亡くなりになったからです」

「……うん？」

ええと。ごめん、ちょっとよくわからない。

「詳細の前に、まず寿命について。寿命とは、その人に設定された『生きていられる時間』です。たとえばある人の寿命が六十年となっていた場合、その人は六十歳で亡くなります。例外もありますが、それは今は不要なので省きますね。とにかく、特に何もなければそこまでは生きる時間設定、とお考えください」

「お、おう」

「亮様の場合、寿命は七十一歳百五十五日となっていました。しかし、あなたはそれを全うする前に亡くなってしまわれましたわけです」

「……めっちゃ残ってんじゃん」

まだ五十年以上あるじゃん。なんで死んじまったんだよ。

あ、火事の中に飛び込んだんだった。そりゃ死ぬわ。

「そうなんですよね。ただ、寿命以前に亡くなってしまうこと自体はよくあることです。現代の日本ではさほど多くはありませんが、それでも珍しくはありません。寿命が決まっているからと言って、絶対にそこまでは死なないということではないのです。極端な不摂生とか事故とか、自殺とか、いろいろとあり得ますよね」

「ああ、なるほどね」

「ですが、寿命を残して死んだ。はい、おしまい。来世に期待してね。これ、納得できます？」

「できねーな」

「でしょう？」

そう言って頷くイメちゃんに、俺は頷き返した。

自分が悪いわけでもないのにある日いきなり死んで、それで終わりっていくらなんでも投げやりすぎんだろ。保険のほうがよっぽどマシだ。

「というわけで、寿命を残した人間をすぐに裁判にかけるのは心苦しいのです。そのため、そうした方には特別措置が与えられることになっているんです」

「とくべつそち？」

「はい。寿命を残した方は、無条件で生まれ変わることができるというルールがあるのです」

「ほう」

生まれ変わり。つまり、……えーっと、どういうことだ？

今のまま違う人間として生まれるってことか？

「違います。それはボクたちの業界では『転生』といいます」

……なるほどわからん。

「どう違うんだ？」

「はい。『転生』とは、生前の知識や記憶、技術などを維持したまま新たな生命として現世に生まれることを言います。人格や能力など、その多くは生前に準拠します。こちらのほうが、現在はなじみ深いかもしれませんね」

「うん、なんとなくわかるぞ」

「対して『生まれ変わり』とは、そうしたものを受け継がずに再度生まれることを言います。魂の状態はリセットされないので、よほど環境が違わない限り似たような生き方になりますし、知識や技術の獲得にかかる時間が減る……すなわち才能が増えるということになりますね」

「なるほど……？　えーと、それが無条件で、ってことは」

「はい、寿命を迎えて死亡した場合は天国や地獄で一定期間過ごしてからでないと生まれ変われません。片っ端からそうするわけにはいかないので。なので……そうですねぇ、あなたにわかりやすく言うなら、ライブとかの特別優先枠みたいな扱いですかね。あるいはシード枠、みたいな」

「あー、なんとなくわかったかも」

待ち時間なしで会場に入れるとか、試合を一個スルーできるとか、そんな感じなのな。

「ただ、あなたのように寿命を大幅に残して亡くなられた方と、数日だけ残して亡くなられた方がまったく同じ扱い、というのもなんかおかしいと思いません？」

「俺は別に気にしないけど、思う人のが多いかもなぁ」

「でしょう？　なので、一定以上の寿命を残して亡くなった方は無条件での生まれ変わりに加えて、条件を満たせば転生できるようにしよう。と、今はこのようなルールになっています」

「おー……その条件ってのは気になるが、つまり転生できる可能性があるってわけだな」

「はい。その条件を得るためにここ、つまりこの世とあの世の境目に来てもらっているのです」

オーケーオーケー、わかった、わかっちゃったぜ。

俺は寿命をめっちゃ残して死んだ。だから、生まれ変わるための最低条件を達成したってわけだ。そんでもって、そこから先の更なる条件を達成できるかどうかを見るためにここに連れてこられた。そういうこったな！

「はい、大正解です！」

っしゃー、大正解もらったぜ。今日の俺は冴《さ》えてるぞ。

「そして、亮様。転生のための条件とは……」

イメちゃんが言う。むむ、ドラムロールが聞こえてくる気がするな。

「ずばり！　他の方とリバーストーナメントで戦い、上位入賞を果たすことです！」

ドヤ！

そんな音が文字で出る勢いの顔で、彼女は宣言したのだった。

「……リバース、トーナメント……？」

「この一年間で寿命を一定以上残して亡くなった方たちが、この境目の世界に集まっています。彼らとトーナメント形式で戦い、見事勝ち抜いた方が転生できるのです。わかりやすいでしょう？」

「お、おお……これ以上なくわかりやすいけど……でも戦う、つったってなあ」

「ご安心ください」

ちっちっち、って感じでイメちゃんが指を振る。

「素人が戦ったっておもしろ……じゃない、形にならないのはわかっていますよ。それに、もし武道の達人と当たったらそれこそお話になりません。ですので、その辺りの救済システムは用意してます」

「そ、そうか。それなら安心だな」

「そちらの説明は後ほど。……それからこちらが肝心なのですが」

「うん？」

首を傾げた俺に、イメちゃんがずずいっと迫る。俺好みの、ちょっと細めだけど出てるところは出てる身体と、少し陰のある美形が一気に近くなる。

えっ、ま、というか、改めてこの距離で見るとイメちゃんヤバいな!? 上から下まで俺の好きな要素しかないんだけど!?

「参加者には、常識や理論を無視した特殊能力が一つ与えられるのです！」

「マジで!?」

「マジです！」

今日何度目だ、このやり取り。

今回に関しては、イメちゃんの顔に気を取られてて他にリアクションが思いつかなかっただけだけどな！

「特殊能力は基本的に、死因に関係したものが貸与されます。ただし同じ能力は不可能なので、死因が重複した場合はまた異なる能力が与えられます。亮様の場合死因は焼死、かつ同死因の参加者はいらっしゃらないので……」

「まさか……俺、炎を操れるとか？」

「大正解！　大正解ですよー！」

「マジかああ!!」

「マジでーす!!」

うおおおお、なんかちょっと楽しくなってきたぞ！

ファイアーとかできるのか！　やってみたい！

転生とか生まれ変わりとか小難しいことはわかんねーし、正直どうだっていいけど、バトルはすごくやってみたい！

「うふふ、興味を持っていただいて何よりです。その特殊能力と、先ほど申し上げた救済システム。この二つを駆使して、ぜひトーナメントを勝ち抜いてください！　――いかがです？　参加しますか？　しませんか？」

「おもしろそうだ、やってやんよ！」

「そうおっしゃっていただけると思っていました。では、戦いの舞台へと参りましょう！　トーナメントが行われる境目の世界、川渡し待つ賽《さい》の河原《かわら》へ、レッツゴー！」

握り拳を振り上げた俺に、イメちゃんが寄り添って拳を振り上げる。その瞬間、俺たちしかいなかった世界が一気に色を得て、景色が出来上がっていく。

こうして俺は、深く考えずにそのリバーストーナメントとやらに参加することになったのだった。

第2話　まずは下準備　上

気がつけば、俺は見覚えのある塔の下に立っていた。見上げれば雲よりも高いその塔は、日本人なら誰だって知っているはずだ。

「……スカイツリーじゃね？」

「はい、そうですよ」

バカみたいに口を開けっ放しにして空を見る俺。その隣で、イメちゃんが当然という調子で同意した。

「ここは賽の河原のトーキョーエリアです。現世の東京をそのまま再現した地区になりますね」

「すげーなあ」

「全てではないですけどね。ランドマークになるスカイツリーを中心にした周囲五キロ内だけです」

前は東京タワー周辺だったんですけど、と締めくくってイメちゃんは笑った。死後の世界も日々変わってるってことか。

「……で、えーっと？　会場はどこになるんだ？」

「会場はバトルごとに変わり、その都度現地に赴く形になります。観戦するならこのトーキョーエリアのスカイツリーですけど」

「待った、現地ってここどんだけ広いんだ」

「エリアごとに決まっていますが、一つ一つはそんなに大きくないですよ。バトル会場となるエリアはいろいろありますが、その辺りは追々ということで、まずはトーキョーエリアです」

早速置いてけぼりになりかかった俺の前に立つイメちゃん。

「ここトーキョーエリアは、オリンピックの選手村みたいなものです。居住する家の他、戦いに必要な道具の準備や訓練、食事などもこちらで行います」

「……死んでる人間に家とか食事とか必要あんの？」

「もちろんありません」

「ないんだ⁉」

「ですが、今の皆さんには睡眠すら必要ないのですよ。それでただ起き続けているのは暇でしょう？　それに、食事は楽しいものですよ」

「……それは、まあ、そうかもしんねーが」

「利用しないのであれば構いません。ですが、結構生前と同じように行動したいという方は多いので、その要望に沿っているんですよ。武具の店なども、そうした要望に合わせて対面販売可能ですよ。基本は通販ですけどね」

「……そういうもんかな」

「そういうものらしいですよ？　さ、参りましょう亮様」

「ん、あ、おう」

歩き始めたイメちゃんに従い、俺も足を踏み出す。彼女の隣に並んで、見慣れた東京の街を歩く……って言うとなんかデートみたいだな。彼女は単純にこれが仕事なんだろうけど。

……しっかし、なんだな。地面を踏む感触とか、歩いてる時の身体の具合とか、とても死んだとは思えない。

いやまあ、頭上を見れば輪っかが相変わらず浮いてるから、死んでないと断言するのも違う気はするんだが。

っていうか今気づいたけど、俺高校の制服着てんのな。確かに死ぬ直前まで着てたような気はするけど、もうちょっと他になかったのかとも思っちゃうな。

まあ、「お前焼け死んだから全裸な」とか言われるよりは何倍もマシだけどさ。靴まで学校指定のローファーなのはどうなんだろう。運動するのにこれはちょっと。あとで着替えられないか聞いてみよう。

それからしばらく、俺たちは歩き続けた。大体二十分くらいか。

イメちゃんがこちらですと言って足を止めたのは、どこからどう見ても金持ちが住んでそうな高層マンションだった。

待って。

「……でかくね？」

「お一人様ワンフロアをご自由にお使いいただけます」

「でけーよ！　そんな広い家とか住むどころか入ったことすらねーぞ⁉」

「中身は見た目とは異なりますから、大丈夫ですよ」

どの辺が大丈夫なんだよ……幽霊っつーか神様っつーか、その手の人たちって人間と感覚違いすぎるんじゃねーのか？

*

と、思っていた皆さん。別にそんなことはなかったぜ！

うん、家って言える部分はわりと普通だった。いや、それでも俺の感覚から言えば広いんだけど、まあ常識の範囲内だった。

目を疑ったのは、ここで好きに暴れてもいいんですよ、とイメちゃんに紹介されたトレーニングルームだ。

そこは見渡す限り真っ白で、何もない空間だった。具体的な広さはわからなかったけど、少なくとも十秒くらい全力疾走しても端までは行けなかった。高さも明らかにおかしくて、天井までは俺が五人は必要だろう。あ、ちなみに俺、百七十五センチな。その高さ、察してくれ。

うん。「ルーム」ってレベルじゃない。

極めつきは、入り口付近にあった操作盤だ。

イメちゃんが、

「状況に合わせて環境を変えてみてください」

とか言いながらボタンを押すと、たちまちその空間が小川の流れる山になったのだ。

仮想空間？　現実なんだな、これが。死後の世界、半端ない技術してた。

イメちゃんが言うには、観念で構築されてるから現世の法則とか細かいことは無視できる、らしい。俺ら参加者が獲得する特殊能力もそういうものらしい。ここに来た人間の中に物理学者とかがいたとしたら、発狂したんじゃねーかな。

ちなみにさっき言った山以外に海もあったし、街もあったし、城もあった（日本城と西洋城の二つが完備されてた）。なんなら宇宙まであって無重力まで再現してやがったが、トーナメント会場には宇宙なんてエリアがあるんだろうか。

イメちゃんは笑って答えてくれなかった。でもなんかすごくありそう。宇宙で生身とか、それってどうなんだ。やるなら人型ロボットが欲しいところだぞ。

まあそれはさておき。

要するに、与えられた部屋の大半はトレーニングルームになってるんだから戦いに備えてここで調整しとけよ、っつーことだろう。

家にそういうのが用意されてるのはありがたいが、ここまでやらなくてもいいような気もする。このトーナメント、参加者にどこまで望んでるんだろう。

「バトルの詳細はまた後でご説明致します」

俺の心境は丸見えのはずだが、イメちゃんはあえてそこには触れずに違う説明を続ける。

まあ俺としても、あまり畳み掛けられても理解が追いつかないことは考えるまでもないので、このスタンスでいい……と思う。その都度びっくりすることには変わりないと思うが。

というわけで、家の居住スペースのほうに戻ってきた。イメちゃんに勧められるままに、ソファに座る。

「では早速、この世界でのことについてご説明致します」

先生っぽい振る舞いのイメちゃんだ。かわいい。

「……と、言いましたが、実のところボクが常にナビゲーターとしてついて同行しますので、その手の説明も後回しにします」

「おおう」

それもかよ。いやま、確かにいつもそばにいてくれるなら聞きたくなった時に聞けばいいのか。

……ん？　トイレとか風呂の時もついてくるのか？

「魂だけの存在である亮様は、そのいずれも必要ありませんよ？」

「……そうだった」

死んでるわけだから、トイレに行ってもそもそも出すものがあるわけない。風呂も、身体が汚れたりするわけじゃない、と……。

便利って言っていいんだろうか。尿意とかがないならトイレはそりゃあ不要だろうけど、風呂は完全に習慣だっただけに慣れるまでは時間がいるかもしれないな。

「お風呂はもちろん、入ろうと思えば入れますけどね。お背中、流しましょうか？」

「……考えとくわ」

理想の女の子が風呂で身体を洗ってくれるのか。それなんてヘヴン？　あ、ここ死後の世界か。

「さて、これから最も重要なことをお話しします」

「ん、わかった」

イメちゃんが言葉を強調したので、俺も気持ちを切り替える。

重要なことか。どんなことだろう？

「バトルにおいて、素人が下手に戦おうとしても無駄です。それは先ほどご指摘を頂きました通りです。そのため、参加者の皆さんには戦うための能力を入手する手段が与えられています」

「んん……？」

どういうことだろう。修行する時間があるってことか？

「ふふふ、これは論より証拠です。亮様、『メニュー』とおっしゃってみてください」

「？　メニュー。……うおっ!?」

とりあえず言われるままに、言ってみる。

すると目の前に、なんか四角い映像のようなものが現れたからびっくりだ。

「な、なんだこれ……？　なんか、タブレットの画面みたいだな……あ、触れるのかこれ」

その物体を恐る恐る触ってみて、思ったことをそのまま言う。

「大体その通りです。それは、亮様のパーソナルデータを表示する画面になります」

「データを表示って……」

「テレビゲームはやったことありますよね。能力を表示する画面とか、見たことありません？」

「あー、ああ、あーうんうん。なるほど、言われてみれば」

確かに、ゲームのメニューウィンドウにそっくりだ。話すとか装備とかはないけど、ステータスとかスキルとかって項目はある。

……んん、言われてみればゲームそのものだな。

「当然ですよ、それを参考にして創られたシステムですからね」

「マジかよ現世も捨てたもんじゃねーな」

死後の世界にまで来てたか、日本のゲーム。クールジャパンってこういうことか……日本やるじゃん。

「というわけでですね、まずは『スキル』をタップしてみてください」

「ん。……なんかいろいろあるなあ」

操作で画面に現れたのは、整然と並んだいろんなスキル名。

一番最初に目に入ったのは、**【い式剣術レベル1】**というやつだ。その下に、**【ろ式剣術レベル1】**、**【は式剣術レベル1】**と並んでいる。よくわからんが、細かいところが違う剣術なんだろう。

その他、格闘術や槍術《そうじゅつ》といった武術と思われる項目もずらりと並んでいる。

と思ってたら、**【オートガード】**だとか**【攻撃力アップ】**とか、すごくゲームっぽいやつもある。この辺はいわゆるパッシブスキルってやつかな。持ってるだけで何かしら効果が得られる系の。ありすぎると中途半端になるが、決して軽視できないジャンルだ。

すべてのスキルは最大レベル10で統一されているみたいだ。0が未経験者として、10が世界最強クラスって考えていいのかな？

「……この中から好きなのを選んで習得できる、ってことか？」

「はーいその通りです。お若い方は慣れ親しんでいる方が多くて説明が楽ですね」

正解らしい。うーん、なんかこうなってくるとリアルゲームって感じだな。これを習得するだけで本当に何か変わるのか？

「論より証拠と申しましたでしょ？　とりあえず、お好きなスキルを選んでみてください。あ、レベルが設定されているものは1から順にしか習得できないので注意してください」

「好きなスキルか……んー……」

どれがいいだろう。ぶっちゃけ、数がありすぎてめっちゃ迷う。

男としては華麗に剣を振り回してみたいと思うが、万が一武器を手放した時のことを考えるとちょっと尻込みしてしまう。銃もかっこいいと思うけど、同じ理由で怖い。銃がこの世界にあるのかどうかって心配もある。格闘術なんかは、レベル1を習得したところでド素人がどこまでレベルアップするのやら。

かといって、パッシブスキルを選択するのも怖い。ないとは思うけど、スキル一つ習得して次までめっちゃ時間がかかったりしたら目も当てられない。攻撃は最大の防御って言うけど、ジリ貧になり得る状況ならそれは真実だと思うんだよな。

「うーん……まあ、ここは無難に行くかなあ」

考えた末、結局俺は格闘術をチョイスすることにした。こちらも剣術と同じくい、ろ、はの三種類があったのだが、イメちゃんに聞いたところ、全スキル共通でい式が攻撃重視、ろ式が防御重視、は式が総合力重視とのこと。なので、ここはい式を選ぶ。

その心？　もちろん、戦うならまずは攻める必要があるからな。戦いって言うなら、攻撃が最重要。俺はそう思ってる。

「では、横の『習得』をタップ……次に最終確認を求められますので、よければ『了承』、やめるなら『撤回』を」

イメちゃんに言われるまま、俺はその手順に従う。確認画面には、「一〇〇〇ポイント使って習得しますがよろしいですか？」って出てる。

ポイント……そういえばさっきの画面の右上になんか数字が出てたな。あれを使うってことか？　まあいいや、とりあえずこれはチュートリアルみたいなもんだ、イエス以外に選択肢はないぜ。

すると画面には、「習得完了」と表示が出て、しばらくすると習得画面に戻った。そこでは、さっき俺が選んだ**【い式格闘術レベル1】**の隣に星マークがついていた。習得したということか。

そして、そのさらに隣にあるレベル2の項目が白くなっている。さっきまで灰色だったはずだが。これはあれか、選択可能になった、っつーことかな。

「その通りです。亮様は優秀ですね」

「お、そ、そーか？」

美少女に言われて悪い気はしない。

「さて、無事に習得できたわけですが、ここで右上に表示されている数字が減っているのがわかりますか？」

「さっきの数字を覚えてないからアレだけど、たぶん減ってるんだろうな。さっき表示された数字の分だけ使ったってことだな？」

「はい、そうです。このポイントが足りていないと、習得はもちろん不可能です」

「……このポイント、どうやって増やすの？」

今のところ、残高はおよそ五五〇〇〇ってところだ。この数値が多いのか少ないのかはよくわからないけど、こういうのは多いに越したことはないはずだ。

「一度バトルが終わると、その戦績に応じて加算されます。それ以外では絶対に増えません」

「……ってことは、習得の機会は結構限られるわけか」

「はい。ご利用は計画的に、ということですね」

どっかで聞いたことのあるフレーズだな。死んでまで聞くことになるとは思わなかったぞ。

ともあれ、だ。

「この中にあるいろんなスキルを習得して、組み合わせて、勝利を目指せってことだな」

「そういうことになりますね。なお、亮様ご本人が所有している特殊能力も同じ方法で強化していくことになります。対応するポイントは共通なので、こちらも計画的にお使いください」

「マジか」

ってなると、なおのこと節約しないとだな。

たぶん、バトルの肝は特殊能力だ。これをいかに使うか、いかに使いこなせるかは絶対重要になってくるはず。少しでもそっちに回すようにしよう。他のやつは最低限くらいでいいかな。

考えながら、イメちゃんの誘導で特殊能力の習得画面に飛んでみる。

「……おいおい、なんだこれ」

「特殊能力の習得画面ですよ」

いや、それはわかってる。問題はそういうことじゃない。

イメちゃんが言う通り、習得画面は表示されているんだが。その、な。その分岐というかルートというか、まあともかく数がめちゃくちゃ膨大だったのだ。さっきのスキル習得も多かったけど、あれは全部別のものだった。なのにこれは、一つの能力の中にいくつも項目があるし、その意味も……ぶっちゃけよくわからん。

『炎を操る能力』……これが俺の能力名かな？」

まんますぎんだろ。もっとこう、かっこいい名前はねーのかよ。イグニスとか、エクスプロージョンとか。

「名前は変更できますよ。こちらをどうぞ」

と思ったら、能力名は自分で命名できた。名前タップしたら入力欄とキーボードが出てきた。完全にゲームだこれ。

でもせっかくだから、フレアロードって名付けておいた。かっこよくね？　能力名「フレアロード」。かっけー。マジかっけー。

……ごほん、名前はいいんだ、今はそこじゃない。

「今の俺の状態がゼロなのはいいとしても……スキルの名前おかしくね？」

習得方法自体はさっきと一緒だった。だけどさっきも言った通り、よくわからないんだよな。

というのも、選べる項目が制御だの時間だの連結だのと、わけのわからない名前がついててだな。レベルが高ければいいというのはわかるが、それぞれをどう覚えていけばいいのかまるでわからん。頭が熱暴走しそうだ。威力ってのはさすがにわかるけど、逆に言うとすぐにわかりそうなのはそれだけなんだよなあ。

さらに、その謎の項目を一つ強化するだけでも、五〇〇〇ポイントとかいうかなり高い数値が必要になる。どうせ後に続けば、その分もっと必要になるんだろう。こうなってくると、さっきみたいな技術系のスキルをメインにしたほうがいいんじゃないかって気すらしてくる。

「計画的に、能力を伸ばしてくださいね」

イメちゃんは相談に乗ってくれそうにない。まあナビゲーターという立場上仕方ないんだろうけど、でもこれは一人でどうにかなる気がまったくしない。相談できる仲間がほしいな……。

「ちなみに食事の代金などもこのポイントを消費しますから、食べすぎには気をつけてくださいね」

「巻き上げる気満々じゃね死後の世界!?」

いやでも、食べるなんて死んだ今の俺には必要ないわけだし、貴重なポイント使うなんてわかってて使うやつなんていないだろ！

「ふふふ、意外と皆さん食べていかれますよ。生前の食に対する記憶が強く出るみたいでして」

「死後の世界が腹黒い！」

なおさら巻き上げる気じゃん！　あの世の人たちは俺らをどうしたいんだ⁉

「いえいえそんな。ボクたちは、皆さんの要望に、応えているだけ、ですよ？」

そう言って笑うイメちゃんだったが、その目はとても笑っているようには見えない俺だった。

第3話　まずは下準備　下

多少の混乱はあったが、とりあえず一通りの説明は終わって仕組みも大体わかった。たぶん。

まずメニューだが、別に口に出さなくても出てこいと思えば表示される。便利だ。口にするのも最初はいかにもゲームみたいで楽しかったんだが、慣れてくるとぶっちゃけめんどかったからな。

メニューにある項目は、スキル、アイテム、ステータス、メッセージ、マップ、購入の六つ。スキルについてはもう説明はいいと思うから飛ばす。

アイテムとは、モノを保存しておく項目だ。中に入っているモノが表示され、欲しいものを選べば目の前に出てくるってわけだな。入れる時は、この項目からアイテムボックスを開いて出てきたウィンドウの中にポイ。

どんなに大きいもの、重いものでも入れられるが、最大十個までしか入らないとのこと。その限界値は昔のゲームを思わせるが、どうやらバトルはすべて一対一のシングルスらしく、持ち込める道具の数を制限しているという。

ま、確かにそこはある程度で線引きしないと何されるかわからないしな。大きさとか重さを無視できるだけでも十分だろう。

次にステータス。今の俺の状態を、目で見てわかる数値にして表示してくれるってわけだな。表示されるのは攻撃力とか防御力とか、いかにもゲームらしい項目がズラリだ。現在習得しているスキルなんかも、一通り表示してくれる。

あとはライフポイント、なんてのがあったからイメちゃんに聞いてみたら、このライフポイントを互いに削り合うのがトーナメントのバトルらしい。バトル中はその残数がゲージで相手の頭上に表示されるんだってさ。めっちゃゲーム。

それからメッセージ。これは、他の参加者とメッセージのやり取りができる項目らしい。もちろん参加者は基本的に戦う相手だけど、交流自体は禁止されてないとのことだ。まあ、今のところ俺以外の参加者には誰とも会ってないから、使いたくても使えないけど。

軽く触ってみた感覚では、メッセージアプリみたいな感じだったな。

ちなみに、トーナメントからの公式メッセージなんかもここで見るらしい。次の会場の案内とか日程もこの機能で送られてくるらしいので、マメにチェックしたほうがいいかもしれん。

あと、マップ。これを出すと、今自分がいるエリアの地図が見られる。俺を含めた参加者全員は、赤い点で表示されている。

今はさほど必要じゃないけど、これがバトル中となるとめちゃくちゃ重要になるっぽい。バトルエリアはここと同じく周囲五キロの広いフィールドが用意されているうえ、用意されるエリアによっては身を隠す場所がいっぱいあったり、入り組んでいて動き回るのにも困るようなものに当たる可能性があるらしく。

となると、自分と敵の位置を確認する機能が必要になるな。その時は有効活用させてもらおう。

最後に購入。これほど文字通りな項目はないかもな。要は通販だ。欲しいものがあったらここで選んで購入できる。もちろんポイントを使って、だ。買ったら即座にここに品が出てくるらしい。どこぞの密林もびっくりの配送スピードだな。

売っているものは武器や防具に限らず、日用品や生活雑貨、果ては食べ物まであった。ガチでなんでもあるっぽい。エクスカリバーだの草薙《くさなぎ》の剣だのといった、どう見ても伝説なやつもあったんだけど死後の世界ってどうなってんだろーな。

「……なるほどな」

一連の操作の具合を確かめて、俺はつぶやいた。操作するにあたってのストレスは、ないと言ってもよかった。このシステムを開発したやつ、相当現世のゲームに詳しいだろ。いろんなゲームをしっかり把握していないと、こうはいかないはずだ。

まあそれはともかく、各種項目の使い方がわかったところでまずは武器防具の調達を考えることにしよう。

購入項目に真剣や銃が平気で置いてある辺り、このリバーストーナメントのルールは間違いなく何でもアリだ。イメちゃんが言うには「魂の状態から完全に消滅しないように対策はしてある」とのことなので、殴ったり斬ったりしても出血どころかケガもしないらしい。つまり、頭を撃ち抜かれても即KOってことにはならないってことだ。

そういうことなら、対戦相手にしても遠慮する必要はない。ライフポイント制ということは、それがゼロにならない限りは反撃だってできるんだから、相応の準備は絶対に必要だろう。

攻撃に関しては、格闘をメインにしようと思っている。能力が能力なので、いっそ武器は使わなくてもいいだろうという判断だ。

となると問題は防具なわけだが……。

「なあイメちゃん、どういうのがいいかな？」

「申し訳ありませんが、習得や購入に直接影響する助言は一切できないことになっております」

「……だよなあ」

唯一の話し相手からの助言は期待できない。俺一人でなんとかするしかない。

カタログを眺めながら、とりあえず考えることにする。

身体、頭、盾、小手といったいくつかの種類に分かれていたので、まずは一番上の身体から。すると出てきたのは、服や鎧《よろい》の類だ。

一番わかりやすいのは鎧だよなあ。というわけで、最初に目に入ったプレートメイル・鉄とやらを選んでみる。

ふむ……防御力15、重量13と。

よーし、わからん。イメちゃーん！

「防御力とは文字通り、攻撃を受けた際のダメージをどれだけ軽減できるかという数値です。高ければ高いほどいいのは当然ですが、多くの防具の場合、効果があるのは実際に装備が守っている部位だけになります。また、重量は、装備することで身体にかかる負荷を現した数値になります。ステータスには最大重量という項目がありまして、これをオーバーするものは着用できません」

なるほど、よくわかりました。ストイックな洋ゲーとかによくあるやつな。

となると……まずは俺の限界値を確認しないとか。

えーっとどれどれ……限界値15？

……マジか。ってことは、あのプレートメイルを選んだらもうほとんど何も着けられないじゃん。どころかほとんど動けないんじゃね？　あれはパスだな。

そう思ったところで、今身に着けている制服がどれほどのものかが気になった。と言っても所詮はただの制服だし、期待はできないだろうけど……。

制服・ブレザー　防御力2　重量1

……まあこんなもんか。防御力1が具体的にどれくらいのものなのかよくわからないけど。

むむむ、道具選びも難しいなあ。軽くて丈夫なやつってないのかな。

そう思って一気に下のほうへスクロールしてみると、あった。どう見ても現世では考えられない名前がずらりと並んでいる辺り、死後の世界の人たちも相当ゲームをやりこんでいるに違いない。

たとえば、黒のローブなんてのがあった。上から下まで黒で統一されたローブで、ダークな雰囲気がいかにもかっこいい。裾なんかの一部分にあしらわれた金色が、いいアクセントになっている。これの性能が、防御力7の重量3。

そこに「自身の特殊能力の威力アップ」なんていう効果まで持っていた。防御力だけで見ればプレートメイルより劣るが、どう考えてもこっちのほうが防具としては優秀だろう。

まあお高いんですけどね。プレートメイルが四二〇〇ポイントなのに対して、黒のローブは破格の一四〇〇〇〇ポイントだ。三倍以上って。それだけでいくつのスキルが習得できると思ってんだ。

うーん……武器防具はいっそ捨てて、まずはステータスを底上げするパッシブスキルとかを取っていったほうがいいかもしれん。あっちはあっちで種類がいろいろあったが、一つ一つの値段はさほど高くはなかった。重量負荷もないし。

そう思うと、なんだか名案に思えてきた。よし、道具は一旦置いておこう。スキルのほうを考えることにするぜ！

*

苦節二時間。がんばった。俺、超がんばった。

足りない頭でうんうんうなりながら考えて、どうにかこうにかこれだと思う構成にすることができた。……と思う。

俺が習得したのは、**【攻撃力アップ】**、**【防御力アップ】**、**【素早さアップ】**、**【動体視力アップ】**、**【筋力アップ】**、**【体力アップ】**をそれぞれレベル2まで、**【特殊能力威力アップ】**、**【特殊能力時間アップ】**をそれぞれレベル1まで、**【い式格闘術】**と**【ろ式格闘術】**をレベル3まで、しめて四五〇〇〇ポイント分だ。

考えとしては、ステータス上昇系のパッシブスキルを全ジャンル取ることで、防具を使わない弱点を補う形だ。まあ全ジャンルと言っても、**【潜水】**とか明らかに局所的な場所でしか使わないようなのもあったから、そういうのは省いて、直接戦う時に必要そうなやつを全部って意味だな。

ちなみに、いつの間にか最大重量の値が27まであがってた。筋力と体力が底上げされたからだと思うが、もしかしたら他にも影響するステータスはあるかもしれない。今は検証する余裕がないからしないけど。

何せスキルのレベルがあがっていくにつれて、必要になるポイントがうなぎ上りで増えていくものだから参った。これ、マックスまで上げるとするとどれだけ必要になるんだろう。っていうか、上げられる人がいるのか？

これで残りは約一〇〇〇〇だが、これ以上はスキルに使わないほうがいいだろう。使い道が広すぎるわけだから、ある程度は残しておかないと後で痛い目を見るかもしれないし。

大きなため息をついてソファに身体を沈める俺に、イメちゃんが微笑《ほほえ》みながら声をかけてくる。

「お疲れ様でした」

「さんきゅーな……」

労《いたわ》ってくれる人がいるだけで十分だぜ、イメちゃん。

いやあ疲れた、何か炭酸の類でも飲んですっきりしたいな。確か購入の項目は食べ物もあったし、コーラくらいあるだろ。

そう思ってリストを眺めてみれば、おー、ちゃんとある。しかも、各種メーカーごと、さらにはサイズごとにと完璧なラインナップだ。そこまで細かく分ける理由はちょっとわかんねーけど。

えーっと、五百ミリペットボトルが一五〇ポイントか。すごく見覚えのある数字だけど、死後の世界にも消費税ってあるんだろうか。

まあいいや、とりあえずこれを買って飲、…………。

「ぬあああぁぁっ、これが生前の食に対する記憶ってやつか⁉」

直前でなんとか思いとどまって、俺は思わずメニューから飛びのいた。誘惑を断ち切る意味もあったのだが、俺から一定距離を保つのかついてきやがった。仕方ないのでメニューを閉じる。

「くっ、なるほどな……確かにこの誘惑は強烈だ……今めっちゃコーラ飲みたいぜ……」

口を手で覆い、さらに目を閉じて俺はその誘惑に耐える。

今の俺は、魂だ。飲み食いは必要ないし、する意味もない。するだけ時間とポイントの無駄だ。そう、無駄なんだ。

特にポイントの浪費は避けないといけない。勝ち進むためには、これが一番重要なんだ。転生自体はそこまで気になっているわけじゃないが、バトルには勝ちたい。おもしろそうって思ってノリで参加したけど、やるからには優勝したいじゃないか。

そう、俺はわかっている。目的もやるべきことも、ちゃんとわかっているんだ。そのためには、この程度のことで挫《くじ》けるわけにはいかないんだ……！

「ふう……はあ……」

深呼吸。そうだ、深呼吸で心と身体を落ちつけよう。冷静になれ、冷静になるんだ。

…………。

……よし。

耐えた！　耐えきった！　よくやった俺！　今日から鋼の精神を名乗ろう！

いや、しかしこのままぼんやりしていたらまた誘惑に負けそうになるかもしれない。ここは身体を動かしてごまかそう。

それに、どのみち習得したスキルや俺の能力フレアロードがどれほどのものなのか、確認する必要があるし。

うん、そうと決まったら早速試してみよう。トレーニングルームに向かうとしよう。

第4話　小手調べ

さてトレーニングルームなわけだが、まずは身体を動かしてみよう。スキルで得た格闘術のレベル3とやらがどれほどのものか見てみたい。

「ってわけなんだけど、サンドバッグ的なの出せない？」

「もちろん出せますよ。制御盤をご覧ください」

イメちゃんに促されて制御盤を見る。なるほど、トレーニングエネミーなんてボタンがあるな。

「これを押せばいいんだな？」

「はい。耐久力の設定や、どの程度攻撃を仕掛けてくるかなども設定できますので、自分にあった設定を作ってみてください」

至れり尽くせりだな。そこまでするかって感じだが、それは今さらか。

えーと……下手にいじってもよくわからなくなりそうだし、とりあえず俺のステータスをコピってみるか。ちょうどそれらしい項目もあることだし。

挙動？　うーん、どうしようか。最初だし何もしないのもありか？　……いや、自分の実力を調べる目的だから、攻撃も防御もしてもらったほうがいいかな。

強さの度合い……これもスキルと同じ十段階か。んー……最初だし、これは素直に1でいいか。

「これでいいか？」

「はい、完了ですね。ではこちらの、『練習開始』を」

「ん。……おお」

言われるままにすると、部屋の真ん中辺りにそれが出現した。

人間の形はしているが、目とか口はない。単純に人間の形をしているだけだ。色は真っ白で、服とかは何もない。なんていうか、こう、すごくマネキンだな。背丈は俺と同じくらい。たぶんだが、体重も同じくらいなんじゃないかな。

そのマネキンの頭上には、緑色のゲージが浮かんでいる。あれがライフポイントの表示か。思いっきり格ゲーのバイタルゲージだな、どこまでゲームっぽくする気だ。トーナメントのほうもこんな風になるのか？

そう思って頭上を見てみると、俺にも輪っかの代わりにゲージが表示されていた。なるほど、バトルに入るとこうなるんだな。

「亮様、あそこをご覧ください。赤いラインが引かれていますよね？」

「ん。ああ、確かにあるな」

今俺たちがいるところと、出現したマネキン（こう呼ぶことにした）のちょうど間くらいのところにそれはあった。さっきまではなかったけど、たぶんマネキンと一緒に出たんだろう。

いかにも危険と言いたげな赤いラインだが、つまりあれを越えるとスタートってところかな。

「はい、そうです。トレーニング時間はトーナメントのバトルと同じ九十分が最大です。先にゲージを削り切ったほうが勝ち。よろしいですね？」

「オーケーばっちりだ。まずは小手調べだな」

イメちゃんに頷きながら、俺は前に出た。そのまま歩いて、赤いラインを越える。

と、その瞬間だ。今までただ立ち尽くすだけだったマネキンが、ファイティングポーズを取った。その道の達人のような、隙のない構えではない。そうだな、ちょっとケンカ慣れした一般人がやる構えって感じかな。

まあそう言う俺も、その程度の構えしか取れないんだけどさ。スキルがついたと言っても、元々は一般人なんだし。多少ケンカはできたと思ってはいるけど、所詮その程度だ。

何はともあれ実戦だ。待っているのは性に合わないし、自分の動きを確認したかったから俺は早速距離を詰める。

その段階で、既に自分の身体の変化に気がついた。スキル獲得前に、この部屋の大きさを知りたくて走った時とは全然違う速度が出た。俺の五十メートル走のベストタイムは八秒ジャストなんだが、これたぶん七秒は固いぞ。いや、もっと行ってるか？　風を切るっていうのはこういう感じなんだろうか。

内心驚いているうちに、あっという間にマネキンの目の前までたどり着いた。相手は、俺の動きを警戒したのか防御態勢に入っている。だがそれは、ファイティングポーズとさして変わらない、上半身だけの守りだ。

俺は、それとは逆に隙だらけの下半身目がけて足払いをかけた。下のことなんて気にしていなかったのか、さしたる抵抗もなくマネキンはあっさりと転倒する。

「っしゃあ！」

もちろん、これを逃すはずがない。俺はそのままマウントを取ると、マネキンの顔をぶん殴る。

……殴った感触がなんか変だ。殴っているということは伝わってくるんだが、マネキンを殴った感じじゃない。人間を殴った時ともまた違う。

俺の足りない頭では表現する言葉が見つからないが、なんていうか、柔らかいゲル状のものを殴った感じだろうか。

不思議な感覚だが、とりあえず殴りすぎて手がやられる心配はなさそうだ。俺はそのまま、遠慮なくマネキンを殴り続ける。

マネキンからの抵抗はほとんどない。たまに身体を動かすが、まるで抵抗になってない。力は結構かかるんだが、やり方が悪いんだろうな。

そしてそんなマネキンのバイタルゲージは、ガンガン減っている。素手だからか一発一発の減りはさほど多くはないが、ちりも積もればばって言うしな。

ゲージが半分くらいまで減ったところで、俺はマネキンを解放した。そのまま、後ろを振り返らずに制御盤まで一直線で戻る。

「いかがなさいましたか？」

そんな俺が不思議だったのか、イメちゃんが首を傾げる。

「弱すぎて実験にならねー」

ぼやくように、俺は答えた。これじゃただの弱い者いじめだ。気分悪いわ。

「では強さを上げましょう」

「ああ、そうする」

制御盤に向かい、設定の中の強さを5まで引き上げる。

さすがに1は低すぎた。十段階の真ん中は俺よりも強いかもしれないが、どうせこれは訓練だ。負けても影響はない。むしろ、そこから学ぶことのほうが多いだろう。

強さの再設定を終えて、俺はマネキンに向き直る。そこで構えていたのは、明らかに先ほどまでとは違うマネキンだった。

今度の構えは、ほとんど隙がなかった。攻撃を受けても防御、もしくは受け流せるように腰は落として重心を安定させている。と同時に、いつでも攻撃に移れるよう握り拳を身体の陰で構えている。ちなみに、再設定したからゲージも回復している。

それを見て、俺は思わず笑った。そうだよ、こうでないとな。

俺は床を蹴って、一気にラインを越えてマネキンへと肉薄する。だが、それを見るや否やマネキンは小さいバックステップで俺から距離を取った。

それは俺の攻撃を回避すると同時に、自分の攻撃範囲は維持する最低限の後退。動きに無駄はなく、俺はそのままカウンターで飛んできたげんこつを慌てて左腕で受けた。

……殴られた感覚も、生きていた頃とは違うな。殴られたという感覚はあるし、吹き飛ばされる衝撃はあるんだけど、痛みは一切ない。もちろん、しびれとかそういうのもゼロだ。

なるほど、どれだけダメージを受けても身体に影響はないってことか。ゲージがゼロになる瞬間まで、百パーセントで行動できるんだろうな。……やっぱり完全にゲームだ、これ。

「ぶっへ⁉」

なんて考えてたら、するりと俺の懐に潜り込んでいたマネキンから思いっきりアッパーカットを食らった。あごに直撃。当然俺の身体は浮いて隙だらけになり、そしてそのまま腹に蹴りを食らって吹き飛んだ。

床を情けなく転がる俺。しかし、痛みはやっぱりない。生前だったら、最初のアッパーカットで既に戦意喪失するレベルだったと思うが、そんなダメージはないのだ。

動ける。俺はそう確信して、身体を起こした。

「……っておい！」

そこに、容赦なくローキックが飛んできた。さすが強さ5、無駄な動きはしないか。

なんとかかろうじてそれを避けた俺は、反撃に出る。まだ引っ込んでいない足をつかむと、そのままマネキンの動きを封じる。片足を取られてバランスを崩したマネキンだったが、先ほどとは違い簡単には倒れない。器用にバランスを取りつつ、俺の拘束を解こうと、ちょいと無駄も見えるがパンチを繰り出してくる。

生前だったらそれを食らっていただろうが、そこは**【動体視力アップ】**のパッシブスキルのおかげだろう。そのパンチの動きがしっかりと認識できる。俺はそれらをかいくぐりながら、さらにマネキンの足を引っ張って相手を引き寄せエルボーを顔面に叩きこむ！

と同時に足を離して、エルボーの衝撃のままマネキンが吹き飛ぶのを見送る。

うーん、すごい飛び方だ。生前の比じゃない。パッシブスキルも十段階あったが、レベル2でこれだけ強化されているとなると、マックスまで上げたらどうなるんだ？

感触を確かめながら構えなおした俺の前では、既にマネキンが体勢を整えて構えていた。ひるんだ様子はなし、と。

うーん、痛みとかがないのはメリットだけど、相手も条件は同じだもんな。そりゃこうなるか。これは本番で油断しないようにしないとだぞ。

マネキンが正面から突っ込んできた。俺はそれを迎え撃つ。

それからしばらく、俺たちは乱打の応酬を繰り返した。俺も慣れてきて、最初のように不意打ちを食らうことはほとんどない。ただ、やはり技術の差はあるようで、俺が一発攻撃を入れる間に、相手から二、三発の攻撃を食らってしまう。

これが、強さ5の敵ってことか。不意打ちを食らったり一方的にやられるほどじゃないものの、着実に攻撃を食らうくらいには差があるんだろう。このマネキンの程度で言うなら、俺の強さは4ってところかな。生きてた頃は2くらい、かな？　スキルのありがたみがよくわかるぜ。

そうして五分ほど戦って、相手のゲージを四分の一まで減らしたところで、俺のゲージがゼロになった。

その瞬間、突然身体が動かなくなって俺は床に倒れた。全身に力を入れても、どれだけ念じても一切身体は応えてくれない。これがライフポイントゼロの状態か……って、いちいち空中に

「YOU LOSE」なんて出さなくていいよ！　マジで格ゲーかっつーの！

　なんて考えていると、目の前のマネキンが消えた。と同時に、身体の自由が戻ってくる。これまた急だな……。

　頭上を見てみれば、さっきまであったゲージは元通り輪っかになっていた。なるほど、と思いながら俺はゆっくりと立ち上がって身体の調子を確かめる。

　問題はなさそうだ。身体が動かなかったのは一瞬で、それも悪影響が残るわけではないらしい。動けないのはライフがゼロになった瞬間だけで、それ以外は常に好調みたいだ。

「いかがでしたか？」

　そうしている俺に、イメちゃんが問いかけてきた。

「ああ、生きてた頃との違いは大体わかったよ」

「それはよかったです」

　俺の返事に、彼女はにこりと笑った。うーん、かわいい。アイドルかこの子は。

「殴られてもダメージあった感じなかったけど、剣とか銃で攻撃食らっても同じだよな？」

「はい、痛覚等は遮断してありますので、いかなる攻撃手段を用いてもダメージはありません。魂への損傷もないので、相手の方もガンガン攻めてくると思いますよ。ただし、物理的な反動はあります。あまりにも勢いよく殴られたら吹き飛びます」

「ゲームで言うノックバックってやつだな。把握。……ちなみに、あのマネキンに武器持たせたりってできる？」

「もちろんです。試してみますか？」

「お、マジで？　よし、後でやってみる」

つくづく何でもアリだな、ここ。まあいい。できるならやってみるのが一番だ。でも、その前にどうしてもやってみたいことがある。

というわけで、俺はもう一度制御盤を操作する。今度の相手は、ステータス自体は同じにするが、挙動を「何もしない」に設定する。

そう、今度は試すのだ。俺の特殊能力を！

「これでよし、と」

操作完了、マネキンが現れる。ラインを越えて近づくが、今度は何もしかけてこないし、守りに徹する気配もない。

何もしない。まさに、格ゲーなんかでよくあるプラクティスモードそのものだ。

これなら、邪魔されることなく技の研究や練習ができる。

「よし……」

ある程度の距離に立って、俺は気合を入れる。

「行くぜ！　フレアロード！」

そして、能力名を叫ぶ。さあ、出てこい炎！

…………。

…………。

…………。

……あれ？

「ちょっ……」

俺に言えたのは、それだけだった。それから、説明を求めてイメちゃんに振り返る。

きっと、その顔はめちゃくちゃ情けなかったに違いない。

第5話　フレアロード

「フレアロードは『炎を操る』能力ですから」

イメちゃんが言う。納得できない。彼女の説明で、初めて納得できない。

「じゃあ、なんで火が出なかったんだよ？」

そう、少しも出なかった。技名を叫ぶも何も起こらないとか、ただの痛い人じゃねーか。

「そりゃあ、『炎を操る』能力であって『炎を出す』能力ではありませんからねぇ」

「……は？」

俺は思わず聞き返していた。なんだそりゃ、どういうことだ？

「言葉の通りです。無から有を創ることができないのは、死後の世界といえど共通のルールです」

「……マジか。ってことはアレか、フレアロードを使うためには火種か何かがいるってことか？」

「はい、その通りです」

「マジかよ……！」

なんてこった、思わぬ盲点だぜ……！

俺はてっきり、自由に火を出したり消したりできると思っていたんだけど。そうか……あるものを操るだけなのか……。

「無から有を作れる世界も、あるかもしれませんけどねー。少なくとも、地球のあるこの宇宙ではそうじゃないので」

「……そーか」

がっくり。俺はうなだれて、ため息をついた。

ちらりと部屋の真ん中に目を向ける。そこには、相手を見失ったマネキンがぽつねんとたたずんでいた。

「どうすればいいかな……」

しかし、落ち込んでいても仕方ない。単に炎が出せないだけで、操ることはできるはずなんだ。

だったら、まずは火を作る手段を考えないとだ。

……いやでも、深く考えなくてもいいんじゃね？　火を起こす道具なんて、生前いくつもあったじゃん。

そう考えて、俺は早速メニューから購入画面へ飛ぶ。

表示された画面からその他の項目にカテゴライズされているカタログを開いて、お目当てのものを探す。

果たしてそれはあった。

「本当になんでもあるのな」

ずらりと並ぶのは、ずばりライターだ。

そんな気はしてたけど、やっぱりいろいろあるな……。俺にわかるのは百円ライターとジ○ポーくらいだけど。……って、点火棒もライター扱いか。

どれがいいだろう。とりあえず、電熱式とやらは却下だ。火が出ないとか、安全なのはいいけど今大事なのはそういうことじゃない。

安さを狙うなら、百円ライターが断然安い。何せ百ポイントで済む。ただ、当然安い分作りは雑だろう。バトル中に壊れられると困る。補充できないってところもマイナスな気がする。

逆に見た目で言えば、断然ジッ○ーだ。ただ、お高いんだよな。一番安いやつでも二○○○ポイントくらいする。下手なスキル一つ分だ。ちょっと見た目にこだわろうものなら、笑ってしまうくらいあっという間に値があがる。

「うーん……まあ……ひとまずは実験だし、百円ライターでいいか」

加減を間違えて高いやつ壊すのも嫌だし。

と、言うわけで百円ライターを一つ。まさか死後の世界最初の買い物がライターとはな……。

なんて考えながら購入を済ませると、その瞬間画面からライターがぽんっと飛び出てきた。

それをキャッチして、ふと考える。

「……なあイメちゃん、特殊能力ってバトル以外でも使える？」

「使えますよ。訓練はもちろん、それ以外でも使おうと思えばいつでも使えます」

「じゃあ、今ここで早速やってみてもいいわけだな」

「はい、もちろんです」

頷くイメちゃんを尻目に、俺は百円ライターを目の前に掲げる。そして着火。小さな火が先に灯《とも》り、ゆらゆらと揺れている。

よし、準備万端だ。今度こそ行くぜ！

「フレアロード！」

どうだ！

…………。

…………。

…………。

あれ？

「ちょっ……」

泣きそうだ。俺はもう一度、イメちゃんに振り返った。

*

結論から言おう。能力は使えた。普通に使えた。

イメちゃんが言うには、

「名前だけ叫んでも発動しませんよ。ちゃんとどういう風にしたいのか、結果を考えておかないと」

ということで、詰まるところエンジンをかけずにアクセルを踏んだようなものだったわけだ。そりゃ、何も起きねーわ……。

逆に今度はライターの火を大きくするイメージをしっかり思い浮かべたところ、すごい音を出しながら火柱になってくれた。

それにビビってライターを落としたところまでワンセットだったが。しょうがないだろ、目の前で火柱が立てば普通びっくりするって。

ちなみに、能力名を言う必要はないようだ。どうしたいかをイメージすれば、それで発動するらしい。でも、技名って叫んでみたいよな？　俺は叫ぶぜ。断固として叫ぶ。だってそっちのほうがカッコいいからな！

さて、そのフレアロードだが。

いろいろ試したけど、ぱっと思いついて実際にできたのは、ライターの火を剣の形にして振り回す、ライターの火を遠くに飛ばす、火を壁にして前方に出す、拳に火をまとわせる、この四つだ。

逆に、敵が近づいたら燃え上がる地雷にする、火そのものでモノを破壊する、爆発させる、火を消えないようにする、といったことはできなかった。

剣の形にする場合、ライターからそれを離しても剣の形は維持できた。たぶん、遠くに飛ばす時みたいな制御が働いているんだろう。

壁についてだが、これは正直あまり使えそうにない。できたはいいけど、物は遮断しなかったのだ。考えてみれば当たり前だが、元はただの火だもんなぁ。

まあハッタリには使えるかもしれないが、防御という意味では無意味と言っていいだろう。

思いついた中だと、拳に火をまとわせるのが一番実用的かな。火そのもので破壊力を出すことができなかった以上、拳なり真剣なりに火をかぶせることが重要になってくるはずだ。実際、火をまとって手で腹にグーパンしたら、普段の二倍近いダメージになったしな。これはもっと練習して、威力や精度を上げていく必要がある。

爆発させる、についてだが、イメちゃんの解説によると火と爆発はそもそも違う現象らしい。俺はてっきり火のパワーアップ版が爆発だと思ってたんだが……残念ながら無理だった。火じゃないなら、俺の能力の範囲外ってことだな。

それから火を消えないようにする。これだが、正確に言うとできない、ではなく短時間ならできた。ほんの数秒だが、水の中でも火を燃やすことはできたのだ。

ダメかと思ったが、これは訓練したりスキルをレベルアップさせることで時間を延ばせるらしい。絶対に消えない、というのは不可能だが、一定時間内ならそれを再現できる。そういう意味では、できるとも言えるしできないとも言えるのかもしれない。

他にできることもいろいろあると思うが、今のところはこの辺が限界だろう。ひとまずは、制御を中心に練習していくことにする。バトルにもどうやって組み込んでいくか考える必要があるし。

あ、そうそう、ライターの消費具合なんだが、これだけいろいろやったらさすがにガス欠になった。フレアロードを使うとその分燃料の消費は増えるってことだろうな。

「これだけ減りが早いとなると、百円ライターより◯ッポーのほうがいいか？　あれって確か、補充して使うもんだったはずだし」

と言ってみたものの、補充とかしたことないんだよな。そもそも生前は煙草《たばこ》なんて吸わなかった。そう考えると百円ライターって気楽だよな。安いし。

うーん……誰か相談できる人がほしいなぁ。これに関してはイメちゃんも頼れないし……。

しゃーなしだ、とりあえずしばらくは百円ライターでやってみよう。まだ本番じゃないしな。

でも今のところはこの辺にしとこう。疲れたって感覚はあんまりないけど、元々あまり集中力が続くほうじゃないのは自覚してる。しばらく休憩するとしよう。

トレーニングルームを出て、自室に戻る。使い道がない台所を抜け、風呂場の先にいくつも部屋がある。部屋が有り余ってて全部使い切る自信がないが、そこは慣れかもしれない。一番広いやつを使うことにしよう。

途中で風呂場をのぞいてみたが、着替えや洗面具はもちろん、歯ブラシや髭剃《ひげそ》りの類まで揃《そろ》ってた。どこのホテルだ、ここは。

しかしここまでお膳立てされてるなら、風呂には入ってもいいだろう。必要ないとはいっても、そこはやはり生前毎日入っていたんだ。むしろ入るべきだ。

風呂場もさすがの広さ。ここはシャワーではなく、しっかり湯を張って湯船につかるとしよう。

「あー、やっぱ風呂はいいね」

湯船につかって、俺はそう口にした。うんうん、日本人ならやっぱり風呂だよな。

イメちゃんは必要なものじゃないって言っていたが、これはダメだ。理屈じゃない。もはや魂が必要だと訴えていると言っていい。風呂を断つという選択肢は、ナシだ！

この日、俺はそう決意するのだった。

第6話　開幕

五日が経《た》った。今日に至るまで俺は特訓に時間を費やし、かなりスマートに戦えるようになったと思う。フレアロードの精度もあがった。

驚いたのは特訓していたらフレアロードのスキルレベルがあがったことだ。いや、生前だったらそれは当然なんだろうけど、死後もそれが有効とは思っていなかったのだ。だってスキル制だし。

威力、時間といったいくつかの項目がレベル0から1にあがり、それに伴って使い勝手もよくなった。威力は言うに及ばず、時間はフレアロードを維持できる時間が増えた。消えない火を用意している時間とかだな。

五日の特訓でそれらがあがったわけだから、もっとやればその分レベルはあがっていくだろう。となれば、ポイントは使わなくても強くなれるということで、特殊能力の増強にはあまりポイントを振るべきではないと思っていいだろう。実際そうした。

そんなある日、遂《つい》に「開会式のお知らせ」というメッセージが来た。その日取りが今日、正午というわけだ。

俺は届いたメッセージに従って、イメちゃんの案内でトーナメント会場までやってきた。

会場はスカイツリー……なんだけど、見た目はともかく中身は完全に別物だ。塔の中のはずが明らかにドームみたいな内装になっていて、この世界の不思議具合をひしひしと感じる。

「出場者はこちらの控室へ、観戦の場合はあちらの客席へという形になります」

「観戦って、誰がバトルを見るんだ？」

「基本的には神様やその関係者ですねぇ。この世界以外からも、見に来られる方は大勢いらっしゃいますよ」

「この世界以外、から……？」

「現世にもいろいろあるということです。これ以上は、企業秘密ですよ」

そう締めくくって、イメちゃんは口に人差し指を当ててウインクした。

くそう、かわいいな。わかった、わかりましたこれ以上は聞かないよ。

「よし、じゃあ行くとするか！」

「はいっ」

そして俺たちは、控室と書かれた部屋へと足を踏み入れることにする。その直前、イメちゃんの姿が見えなくなった。

これはいなくなったわけではなく、消えただけだ。参加者には全員彼女のようなナビゲーターがついているらしいが、ここから先は既に戦いの場ということで人目につかない形になるそうだ。今後、会話はメッセージを使うとのこと。事前に聞いてなかったら、間違いなくここで混乱して取り乱していただろう。聞いておいて助かったぜ。

ともあれ控室。当たり前と言えば当たり前だが、俺が入ると同時に一斉に視線が集まってきた。

ああ、なんか懐かしいなこの感じ。遅刻して教室に飛び込んだ時とか、こんな雰囲気だったな。あれよりだいぶ鋭い視線だけど。

この視線の持ち主全員が、俺のライバルってことだな。トーナメントなだけに全員と戦うことはないだろうけど、まだ組み合わせが発表されてないから気になる気持ちはよくわかる。

そんな居並ぶ人たちの間を適当に潜《くぐ》り抜《ぬ》けて、俺は手ごろな椅子を見つけて座る。それでも視線がかなり俺に向けられているのは、ちょっと居心地が悪い。

とはいえ、それに対して抗議するのは野暮ってもんだ。俺は気にせず、控室と参加者を観察することにした。

控室はめちゃくちゃ広く、トレーニングルームを思わせる白一色の空間だった。あれだけいろいろできるくせにこれとか、手抜きとしか思えない。あそことの違いは、テーブルや椅子が置いてあるくらいか。

一方人間のほうはというと、全体的に若いやつが多い。元々リバーストーナメントの参加資格は「寿命を一定以上残して死んだ人間」だからだろう。俺の年齢プラスマイナス十歳くらいの範囲の人間が一番多い、かな?

世代がバラバラ、しかも初対面、さらに全員が敵という状況だからか、会話はほとんどされていない。ないわけではないが、その会話は相手の腹の内を探るって感じのピリピリしたものだ。あまり空気がいいとは言えない。

死んでから初めて自分以外の人間を見たが、どうやら会話を楽しんでいる場合ではなさそうだ。

俺は仕方なく、メニューを開いてイメちゃんと会話することにした。メッセージでだけどな。

『参加者ってどれくらいいるんだ？』

『今年は五十八人ですね。うち、二人がシードです。シードの人数は、組み合わせの数調整も兼ねているので毎回違いますね』

『シードなんてあるのか。強さの差なんて、ほとんどないだろ？』

『死んだ段階での寿命残数が一番多い方から順にシードに選出されます。今回ですと、残数が七十五年と五十二日の方が残数最高で、堂々のシードですね』

長生きするはずだったんだな、その人……さぞや無念だったろう。

『享年ゼロ歳ゼロ日とのことです。生まれた直後に亡くなったようですね』

「……うわぁ」

思わず文字を入力する手が止まった。それは……いくらなんでもかわいそうすぎる。

『……そりゃ、文句なしで一位だろうな。でも赤ちゃんがバトルって、できるのか？』

『できるからいるんですよ。当たったら気をつけてくださいね、一定年齢以下の選手には補助人格がついていますので、実質二人ですから。赤ん坊と思って油断すると、痛い目に遭いますよ』

『初めて忠告らしい忠告をもらった気がする。ありがとな、気をつけるよ』

シードってからには一回戦から当たることはないだろうけど、気にしておくに越したことはなさそうだな。そのシードとやらをちょっと探してみよう。

誰が誰かはわからないが、赤ん坊なら見てすぐにわかるだろう。と思っていたら案の定すぐにわかった。

その赤ん坊は、奥のほうのテーブルで横になっていた。ゆったりとしたベビー服らしきものを着せられているが、やはり生まれた直後だからかほとんど動く気配がない。どこからどう見ても、ただの赤ん坊だ。その身体から、阿修羅《あしゅら》のようなやつが浮き上がっていること以外は。

何あれ怖い。あれが補助人格ってやつか？　にしてはやりすぎだろ……いくらなんでもあんまりだ。腕は六本で、顔が八つもあるんだぞ。どうしろっていうんだ。あれに勝てるやつがいるんだろうか……。

『シードが優勝する割合はさほど高くありませんよ。このリバーストーナメントに絶対はないですから』

イメちゃんのフォローがすぐ来たが、安心する材料にはならない。

まあ、やる前からそんなことを考えても仕方ないけどな。そもそも当たらない可能性だってあるんだから、今は考えないことにしよう。

そんなことを考えながらしばらく参加者の観察に徹していたが、やがて開始を告げる放送がかかって全員が動き出す。俺もその波に乗りながら、控室を後にするのだった。

*

さて開会式だが、はっきり言おう。ただの祭りだった。

俺たち参加者が場に出ると同時に歓声があがり、紙吹雪は舞うし花火はあがる、挙句の果てにどこから用意したのか、飛行機が曲芸飛行しながら色つきの煙で絵を描いて飛んでいった。

生前のプロレスのアナウンサーを思わせる、高音かつ巻き舌でしゃべる司会も常時ハイテンションで、そいつが何か言うたびに観客席からは割れんばかりの大歓声が沸き上がる。

よくよく見れば、その観客席では飲み食いにいそしんでいる連中までいる始末。いくらなんでもハメ外しすぎだろ、こっちは転生をかけてこれから戦うんだぞ。いや、そう言う俺は転生にはさほど興味はないんだけどさ。

死後の世界でのリバーストーナメントの立ち位置が、なんとなくわかった気がする。

一年に一回の祭り。きっと、そんな感じだ。

期待していたよりも砕けまくっている会場の雰囲気に、極力心を無にして俺はパフォーマンスを受け流し続けた。きっと、周りの参加者もそんな心境だろう。例のシードな赤ん坊様などは泣いていたほどだ。

式は、そんな感じに終始して無事に終わった。最後はさすがにトーナメントのルールが説明されたが、それもただの説明というよりライブパフォーマンスに定評のあるエアバンドが頭をよぎるやり口だったので、今日という日は死後の世界の株価が大暴落した日として、俺の来世まで伝えてやりたいところだ。

おかげさまで、終わりのほうはあんまり記憶にない。よっぽど興味がなかったらしい。

それよりルールだよ、ルール。メッセージのほうにデータで送られてきたんだ。対戦表と一緒に。

リバーストーナメント、ということでルールとしてはトーナメントなんだが、その前に総当たり戦の予選があるという。この予選が四人で一つのリーグで、予選一位の人間だけが本選に出場できる、ということだ。二位の人間すら出場できないとなると、ワールドカップよりも厳しいよな。

で、予選を勝ち抜いて本選に行けるのは、十四人だけ。かなり狭い門だ。シードになれればこれを最初から回避できるわけだが、これは運がよくないとどうにもならない。……いや、シードはそれだけ早死にしてるわけだから、悪いのか？　ともあれ、まずは予選突破が最初の目標になるってわけだな。他の参加者の戦績次第では一敗程度でも進める可能性はあるが、やっぱ目指すは全勝だろ。本選はそもそも負けられないわけだしな。

公開された対戦表によると俺は第十二リーグの所属。初戦の相手は湊涼《みなとすず》という女の子のようだ。

対戦表をもらった時に、どんな子なのかそれとなく周囲を見渡してみたが、そもそも名前以外の情報がないのでどの女の子が対戦相手になるのかはわからなかった。女の子と殴り合うのは正直あまり気が進まないが、殴っても相手の見た目は悪化しないので、我慢だな。

対戦日時は明日の午前九時半、集合場所は第九ポータル。……よくわからなかったので、場所についてはイメちゃんに聞く。

「ポータル、とはバトルエリアに飛ぶための場所です。ワープポイントというとわかりやすいでしょうか。その場所が、このスカイツリー内にあるんですよ」

「ワープポイントか……えーと、……これか」

会場内の案内図を示して説明してくれるイメちゃんに頷きながら、俺は第九ポータルとやらの場所を確認する。

正面ゲートからさほど遠くなく、そこまでわかりづらい立地でもなかった。これなら迷うことなく行けるだろう。念のため、目で見て確認しておくか。

目的地に足を向けると、たぶん同じことを考えたやつが俺の他にもいるんだろう。ちらほらと同じ方向へ向かう人の姿が見える。頭の上に輪っかがあるから、参加者なのは間違いないだろう。

歩きながらそういう人たちの後ろ姿を眺める。大体のやつは隣に誰かがいる。そちらは輪っかがないので、ナビゲーターかな？　俺でいうイメちゃんみたいな。ナビゲーターにもいろいろいるんだな。

「……ここが第九ポータルか」

目的地は、札のかかった扉の向こうにあるみたいだ。学校の特別教室みたいな雰囲気だな。開会式の会場とは違って、すごくシンプルだ。

「……中には入れないか」

残念、扉には鍵がかかっていた。まあ、無理して中を見る必要はないか。どうせ入ったところで、そこはバトルエリアそのものではないんだし。

場所もわかった。さーて、帰って修行と行きますか。

そう考えてくるりと回れ右をした俺は、そこで近くまで歩みよってきていた女の子と面と向かうことになる。

「あ、さーせん」

「いえ」

彼女の進路をふさぐ形になっていたので、俺は軽く謝りながら道を譲る。女の子は短く答えて、そのまま第九ポータルの扉の前で足を止めた。

第九に用があるってことは、もしかしてこの子が……？

「あの」

気になったので、声をかけることにした。

俺の声に、女の子はちらりと目だけを向けてくる。……もしかして、敵視されてる？

「何か？」

「もしかして、湊涼さん？」

「ええ」

当たりだった。手短な返答に、ちょっと気まずさを覚える。

が、せっかくここで会ったんだ。あいさつくらいはしておかないとな。

「そーすか。俺、明日の対戦相手の明良亮です。明日はよろしくお願いします」

「……ええ、よろしく」

軽く頭を下げた俺に対して、湊さんは手を差し出してきた。握手か。

断る理由はない。俺は素直にその手を取った。そしてそれとなく湊さんの様子をうかがう。

どこか物憂げな顔のまま、彼女はほとんど力を入れずに握手を交わしてくれた。いやあ、かなりの美少女だよ。

服装はセーラー服なので、一番高くても同い年、そうでないなら年下だろう。ロングヘアはきれいな黒で、生前の行き届いた手入れがよくわかる。背丈は女性としては高めで、たぶん百六十くらいはある。

顔はどちらかというと楚々《そそ》とした美人といったタイプで、アイドルみたいなかわいい系のイメちゃんとは方向性が違う。ちなみにつけくわえておくと、胸もイメちゃんのほうが大きいかな。

……ただ、どこかで見たことがある気がするんだよなぁ。気のせいか？　会ったことがあるなら、いくら俺でも覚えてるだろうし。

「では私はこれで」

「あ、うん」

なんて思ってたら、握手を終えた湊さんはすぐに離れて向きを変えた。クールな子だなぁ。

……うん？　出入り口とは反対方向だけど、どうするつもりなんだろう。

聞こうかとも思ったが、メニューを出して何やらチャットしているようだったし、あまり口を挟むのもあれかと思ってやめておいた。

「……あんなかわいい子と明日戦うのか。ちょっとやりづらいな」

「亮様は、ああした方もお好みですか？」

「え？　んー、いや、まあ嫌いじゃない、っていうか美人が嫌っていう男はいないしなあ」

「そうですよねえ。まだお若いし、目移りもするでしょうね」

「……イメちゃん？」

なんだ、やけにつっかかってくるな。そう言えば、彼女のほうから話しかけてくるのって死んだ直後のあれ以来じゃないか？　どうした、急に。

「さあ、どうでしょう」

俺の問いに対する明確な回答はなかった。そう言ってふふ、と微笑むと、イメちゃんはぷいっとそっぽを向く。

かわいいんだけど、俺何かしたか？　それとも単にからかわれてるのか？

「お察しくださいませ」

心を読むなら答えをくれよ……。

「……まあいいや、帰ろう。帰って修行だ」

ともあれそうつぶやいて、俺は湊さんとは反対方向へ歩き出すのだった。だが、普段隣にいるはずのイメちゃんは、いつもより少し後ろからついてくる。本当にどうしたっていうんだよ……。

第7話　予選　1

はい、というわけで予選初日！

昨日はほぼ丸一日修行に費やして終えたが、スキルのレベルはあがらなかった。まあそんな簡単にあがるとは思ってなかったから、それはいいとしよう。重要なのは、休憩は挟んだもののほぼ一日動いていてもまったく支障がなかったことだ。

昨日までと違って、一日という限られた時間だったことで睡眠も食事も必要ないということの意味が、はっきりとわかった。いやあ、二十四時間自由に使えることの素晴らしさよ！

あ、もちろんずっと訓練だけっていうのはきついから、風呂に入ったりイメちゃんと会話したりして適度に休憩は取ったけどな。

訓練の他にも、どんな道具を持ち込むかを考えたぞ。結果、アイテムボックスは全部百円ライターで埋まることになった。

……うっせーな、他に考えつかなかったんだよ！　ＲＰＧみたいにライフの回復アイテムでもあればよかったけどそれはなかったし、武器はそもそも使う予定がないし、食べ物なんて持ち込む意味もないし！

これでも必死に考えたんだ。考えたけど、ライター以外に浮かばなかったんだからしゃーなしだろ。だからこの話はこれで終わりだ、おしまい。何かあったらその時考える！

……っつーわけで、俺は今湊さんが来るのを第九ポータルで待っている。

第九ポータルの中は、思っていたよりだいぶ狭かった。あるのは、ワープ用の装置と思われる大きめの機械。左右に台のようなものがあるのは、たぶん、一人ずつそこに乗って使うのだろう。人は俺以外誰もいない。イメちゃんも既に隠れているので、正真正銘俺一人だ。湊さんが来るのを待つだけ。壁に掛けられたディスプレイにも、「しばし待たれよ」と妙に堅苦しい指示が出ているので、それに従っているというわけだ。

画面には、それ以外にも時間が表示されている。開始までのタイムリミットだろう。あれがゼロになったら不戦勝となるんだろうが……そんなことはそうそうないだろう。

と思っていると、扉が開いて湊さんが入ってきた。ま、そりゃそうだ。普通は来るだろうよ。わざと負けたいなら話は別だが、昨日の控室の雰囲気を思い出す限り、そんな人がいるとは思えない。

「待たせたかしら？」

「いや、大丈夫」

社交辞令程度に言葉を交わして、彼女は俺とやや距離を置いた場所に立った。その瞬間、ディスプレイの表示が変わる。

映し出されたのは、昨日開会式があった場所。観客席は、満員御礼《おんれい》って感じだな。……完全に俺らは見世物か？　ちょっと癪《しゃく》だな。

なんて考えていると、画面からあの妙にハイテンションな司会の声が響いてきた。

『さあ、おー待ーたーせー致しました！　いよいよ第十二リーグの予選が始まります！』

続いて割れんばかりの大歓声が聞こえてくる。なんだこれ。

あんまりおもしろくないのは湊さんも同じらしい。きれいな顔をしかめて立っている。

『赤コーナー！　明良亮選手！』

歓声。

『青コーナー！　湊涼選手！』

もっと歓声。

く、悔しくなんてないんだからな！

『さあぁァ両者とも！　転移装置にあがってください！』

あ、今回はすぐに話を進めるのな。うん、開会式みたいなのは勘弁だ。

言われるまま、俺たちはそれぞれ左右に分かれて台の上に立つ。

『ルーレット開始ィ！』

と同時に、司会が手を掲げながら宣言。

すると、ディスプレイの画面が半分だけ切り替わった。そこでは、いろんな写真がすごい速度で入れ替わり続けている。まさにルーレットだな。

『さあー、今回のバトルエリアは……!?』

これで止まった時に出てきた写真の場所が、俺たちの戦う場所になるってことだろうな。

写真の速度がだんだん遅くなっていく。

そして……。

『シティエリアッ！　だあぁぁーっ!!』

画面に、建ち並ぶビル群が表示された。見た目的にも名前的にも、間違いなく市街地だ。

『さあ、転移が始まるぞ！　両者、準備はいいかあー!?』

いいかって聞かれてもなあ……。やっぱ待って、とか言ったところでどうにかなるもんじゃないだろう。

それは湊さんもわかっているのか、腕を組んだまま無言で佇《たたず》んでいる。絵になる子だな……モデルみたいだ。

『それでは、転移装置稼働！』

司会の言葉と同時に、転移装置とやらから光があふれてきた。それは俺たちを包み込んで、一気に視界が真っ白になる。

あまりのまぶしさに、俺は思わず目を閉じた。

*

案外、光を感じていたのは短かった。すぐにそんな感じがなくなったのだ。

恐る恐る目を開けてみると……。

「おお……」

思わず声を漏らした。そこは既に違う場所だった。ワープすげえ。

俺は交差点のど真ん中に立っていた。信号が動いているが、周りに車がいるような感じはしない。人の気配もゼロだ。超静か。周りが都市な分、それがむしろ怖い。

湊さんの姿も見えない。このエリアの違う場所に飛ばされたんだろう。せっかく広い場所なのに、同じ場所に送り込んでも仕方ないだろうしな。

とはいえ周りを見渡しても高いビルだらけで、見通しはよくない。こりゃあメニューのマップ機能がなかったら、そもそも九十分以内に遭遇できるかどうかも怪しい。

しかし……。

「……まったく見覚えがないな。都内だったらわりとあちこち行ってるからわかるんだが」

もしかしたら、トーキョーエリアとは違ってどこかをモデルにしているとかではないのかもしれない。

俺が一人でそう結論付けると、空からクッソでかい声が降ってきた。

『さあ、両者が位置につきました！』

「うっせえ⁉」

思わず耳ふさいだわ！　音量絞ってくれ！

『それではレディー……！』

シカトかよ！

『ゴォッ！』

「ぬおぉぉっ⁉」

司会のうるさい声が響いたと思ったら、突然目の前にトラックが現れた！

「ぎゃあーっ！」

あまりにも突然すぎてどうすることもできず、俺はその直撃を食らって大空に舞い上がった。

『おーっと、明良選手開幕からトラックに轢《ひ》かれてしまったぁー‼』

「うーるーせー！　実況しなくていいよ！」

空をくるくる回転しながらもそうやって文句を言えるのは、この身体の特権みたいなもんだろうな。死んでてよかった。

……あ、バイタルゲージめっちゃ減ってるわ。トラックの一撃半端なく重いっすわ。

「ぐふうっ！」

そして空中でどうにかできるわけもないので、俺はそのままビルの壁に激突する。

……いくらなんでもこの出だしはあんまりだろ……これが現世だったら普通に即死だぞ。

『明良選手立ち上がる！　おーっと、既にゲージが半分だ！』

立ち上がりながら頭上のゲージを確認してみれば、実況の言う通りだった。トラックに轢かれたダメージ、プラスビルに激突したダメージってところか。

……マジか。九十分もあるバトルなのに、開始一分も経たずに半分とか冗談じゃねーぞ。

っていうか、さっきまでビルしかないゴーストタウンだったのに、バトルが始まると同時に車やら人やらが急に現れるってひどくね？　そういうのは最初から配置しとけよ、紛らわしい。

行き交う車や人を適当に目で追うが、ここが死後の世界とは思えないレベルの再現度だ。こだわるところそこじゃなくね？

しかしまあ、つまるところこれがこのエリアの特徴ってやつなんだろう。ゲーム的に考えるなら、エリアごとに何か固有の効果があるんじゃないかって思ってたけど、たぶんこれがそうだ。

「……ちょ、おいおい⁉　まっ、ストップストップ！」

あれこれ考えていると、道端を歩いていた人たちが突然襲い掛かってきた。

おいおいおい、勘弁してくれ！　俺はあんたらと戦うつもりはないんだぞ⁉

仕方ないので逃げるが、そいつらは構わず追いかけてくる。しかも、車も全力で俺を追いかけてくる。歩道とか車道とかお構いなし。派手な音を出しながら、車がガードレールを突き破っていった。軽自動車ってあんなパワー出たっけ？

なんだこれ、どうなってるんだ⁉　なんか俺、全力で敵視されてるんだけど⁉

こ、こういう時はイメちゃんだ！　教えてイメちゃん！

……あ、ダメだ。今はメッセージじゃないと彼女と会話できなかったわ。この状況で悠長にメニューを開いているわけにはいかねーわ。

くっそー、どうしろってんだ！　ま、まずは逃げるしかないか！

「ええいどけどけどけぇぇーい！」

通行人が俺の前に立ちはだかる。その見た目は明らかに訓練用のマネキンとは違って、ちゃんとした人間そのものだ。人相が悪いのがちょっと気になるところだが、逆に殴るにはそっちのほうがいいかもしれない。

「ふんっ！」

「あがあっ！」

遠慮なく顔面に正拳突きをぶちかますと、そいつは派手にぶっ飛んでビルの壁にめり込んだ。

……なんかめっちゃダメージ受けてるっぽいんだけど、いいのか？　マネキンと違って普通のリアクションが返ってきたんだけど、この人たちってただのフィールド効果なんじゃないの？　ていうか、俺そんなに自分を強化した覚えないんだけど……。パンチ一発であんなに吹っ飛ぶなんて思わなかった。無双ゲーか何かか。

それともあれか、見た目よりも案外大したことないってことか？

……うーん、考えてても仕方ねーや。ちょっと手を休めるだけで十人くらいが一気に俺めがけて殺到してくるんだからもう。

とりあえず、こいつらを相手にするのは無理だ。いくらスキル補正で普通より強くなってるって言っても、所詮俺一人じゃ多勢に無勢ってやつだ。

俺は通行人の間を潜り抜けながら、ここを全力で離れることにした。とにかく人のいないところを目指して、逃げ回る！

そこに、実況の声が降ってきた。

『明良選手、逃げることしかできなーい!!』

うるせーよ！

第8話　予選　2

『さあ後がなくなった明良選手！　どうする、ここからどうするんだー⁉　……え？　え？　嘘、実況漏れてる？　エリアに？　あっれー、漏れちゃってるかー』

通行人という名の暴徒から必死に逃げ続けて数分、そんな実況が降ってきて俺は耳を疑った。

『えー、あー、すいませーん、一旦バトル中断しまーす』

そして直後、その言葉と共に暴徒が消えた。周辺を暴れまわっていた車も一緒に。

「……はあっ⁉」

俺はそう言うことしかできなかった。一体どうなってるんだ……。

よくはわからねーが、とりあえずこれはチャンスだ。俺は物陰に隠れながら、イメちゃんとコンタクトを取る。

そこには既に、彼女からのメッセージがあった。

『観客席での実況がバトルエリアまで聞こえてしまうのは、運営側のミスです。先ほど抗議致しましたので、現在緊急対応中です』

……おおう。

そうだよな。リングの上でぶつかり合うプロレスと違って、このバトルは広いエリアの中を動いて敵と戦うんだ。敵の場所はシステムでわかるけど、何をしているかを実況にバラされたらたまらないって人は絶対いるはず。

驚いた、って言うよりは呆《あき》れるな……。

『指摘してくれたのか、ありがとう』

『いえ、ナビゲーターの仕事ですから』

礼を言うと、それには及ばないという返事。だが俺には、イメちゃんがウインクしている姿が見える。相変わらずかわいい子だ。いや、もちろん俺の勝手な想像だけど。

さて……せっかく状況が中断してるんだ。今のうちに、イメちゃんに聞けるだけ聞いておこう。

『ところで、あの通行人連中ってなんなの？　いきなり襲われてびっくりしたんだけど』

『お察しの通り、あれがこのシティエリアにおけるフィールド効果です』

……やっぱりか。にしちゃ、かなり過激だな。

『基本、バトルエリアにおけるフィールド効果は地獄に落ちた魂への救済措置です。遅滞なく万全に効果を起こせた場合、魂の罪が軽減されるのです』

……え？

『……って、ことは、まさか、さっき俺が殴ったのって、人か？』

『はい。シティエリアのフィールド効果は参加者に対する攻撃と妨害です。このエリアは例外的に、彼らが合法的に他人を殴れる場所となっているので人気ですね。無論、先ほどのように反撃にあう可能性も十分ありますが、何せ元が罪人の方たちですから、それでもここがいいという方は多くて』

ななな……なんつーシステム導入してるんだよ……。人道的にどうなんだ、それは。

『っていうかだな、俺らに対する見世物みたいな扱いもそうだけど、死後の世界は魂に対して厳しくねーか？　死んだらみんな神様だろうに』

『残念ながらそれは、現世における迷信です。扱いが人に対するそれではないことは承知しておりますが、我々にとって魂に動植物の別もなければ、知性理性の別もありません。……ただ』

『……？』

『すべての関係者が、現状を好ましいと思っているわけではありません。我々はあくまでシステムの一部でしかなく、そこに異を唱えるわけにはいかないのです』

……そう、か。

イメちゃんも、これでいいと思っているわけじゃないんだな。でも変えるわけにはいかない、か……納得できねーなあ。なんとかなんねーのか、これ。

足りない頭でぐるぐると考えていると、出し抜けに声が空から降ってきた。

『えー、これは最後の音声通告になります。この音声の終了と同時に、バトルを再開致します。……大変申し訳ありませんでした。システムの不具合は修正されましたので、もうバトルエリアへの実況漏洩《ろうえい》はありません。この補塡と致しまして、状況を明示されてしまっていた明良選手が受けたダメージを帳消しさせていただきます。繰り返します……』

淡々とした説明だった。これ、実況と同じ声だと思うけどまるで別人みたいに聞こえる。勢いとテンションって大事だな。

と思っていると、俺のバイタルゲージがぐん、と回復した。満タンか……喜んでいいんだか悪いんだか。

メニューに目を戻すと、イメちゃんからの返事が。

『最後に。亮様がここでフィールド効果の方々を殴り倒しても問題はありません。それは地獄の責め苦の一つですから。元々彼らは、殺人をはじめとした重い罪を犯した方々です。むしろ遠慮なさらず』

……うーん。それでもなんかまだ納得できねー。できねーが……あれだけやる気（っつーか殺《や》る気？）満々の連中相手に話し合いで解決なんて無理っぽいしな……やるしかねーか……。

そう考えると同時に、アナウンスが終わった。そしてその瞬間、通行人が復活する。最初と同じく、突然だ。

『……イメちゃん、せめてこのフィールド効果、最初から表に出しておいてくれ。最初の俺みたいに開始早々死にかけるやつが出てくるぞ』

最後にそれだけ打ち込んで、俺は改めてバトルに意識を向ける。

まずは、相手の位置確認。マップを見ると……どうやら湊さんは、そこまで遠くにはいないようだ。ただ、移動している気配がない。俺と同じく隠れているんだろうか。

相手にダメージが入っていれば、このまま隠れ続けていても勝てるかもしれないが……彼女に関する実況まったくなかったしなあ。たぶん今でもノーダメージだろう。

となると、多少危険でも動くしかないよな……。

俺は覚悟を決めると、その決意とは裏腹にコッソリとその場を離れるのだった。

＊

通行人に追われながら周りを探索すること数十分、俺はとあるビルの階段を上っていた。目指すは屋上、そこに湊さんがいるはずなのだ。

マップには高さの概念がないので、ビルの何階に彼女がいるかはわからなかったが、一通り調べてそこにはいないことがわかっている。地下がないことは確認済み。であれば、残りは屋上だ。

扉の前まで来て、一旦メニューを開く。残り……十二分か。足りるといいな。

それから、アイテムボックスからライターを二つ取り出す。ズボンのポケット左右に一つずつを入れて、準備万端だ。

メニューを消して、深呼吸を一つ。

……よし、行くぜ！

「いらっしゃい。思ったよりかかったわね」

予想通り、そこには湊さんがいた。彼女はハンカチを敷いて座り、タブレットを手にくつろいでいる。すぐ目の前には半透明のウィンドウ。メニューを開いて何をしていたんだろうか。

……えーと。え？　くつろいで、……え？

俺がそんな彼女に硬直している間に、彼女はタブレットをメニューに入れて画面を操作しながら立ち上がる。そうして、その長い髪を軽くかき上げた。

「開幕は災難だったわね。道路のど真ん中にでも配置されたの？」

「え。あ、……ああ、まあ、交差点に……」

トラックに轢かれたことだな。あれは思いっきり実況されてたからな……知ってて当然か……。

「……それはご愁傷様ね」

「そっちは運がよかったみてーだな」

「おかげさまで。ま、動くに動けなかったとも言うけどね」

俺は何も考えずに言ったんだが、湊さんは肩をすくめて小さく笑った。皮肉とでも受け取られたかな。

なんだこの感じ。これから戦うって雰囲気じゃねーな。やりづらいったらありゃしねー。

「……さて。それじゃ、やりましょうか？」

そんな俺の気持ちを察したのか、湊さんは薄笑いを浮かべたまま身構えた。

「あ、はい。やります」

我ながら情けない答えだと思うが、彼女の話し方が妙に丁寧で、それに対応してしまったのだ。

俺はこう見えて、礼儀はしっかりしてるんだぜ。してるつもりなんだ。たぶん。

……そんな話をしている場合じゃない。今はバトルだ。

俺は構えながら、湊さんに改めて向き直る。彼女は動かない。俺も動かない。にらみ合う形になる。その状態で、俺は彼女を観察する。

改めて見ると、その構えは見覚えがある。ろ式の格闘術だ。ということは、彼女はカウンタータイプ、か？　俺は突っ込むタイプで、メインはい式の格闘術だ。けど、同じくらいろ式にもスキルを振っている。突っ込んで返されても、ある程度は対応できるだろう……。

二人とも言葉はない。きっと、湊さんも俺を観察しているんだろう。そろそろ動くか。

「はっ！」

俺は迷わず、真正面から戦いを挑んだ。右ストレートを、顔……はちょっとやめておいて、腹に叩きこむ！

しかし湊さんは冷静に対処する。やや身体を引いて俺の攻撃の勢いを吸いながら、拳を取って受け流す。そして、身体の泳いでいる俺の背中へハイキック！

「……あら」

後ろから、湊さんのやや驚いたという感じの声が聞こえてきた。

彼女の攻撃は防がれたのだから、それも無理もない。一般人なら回避も防御も不可能だったろうが、俺も格闘術には結構スキルを振っているからな。空いた左手をそのままにしておくほど甘くはないぜ。

「でえええい！」

この隙に体勢を整えて、ラッシュをお見舞いだ！

俺の攻撃はすべて防がれる。防がれるが、そこから攻勢に出るほどの余裕は彼女にはないらしい。いつも訓練相手にしていたマネキンはレベル5だったから、彼女は3くらいか？

と思っていたら、足払いが飛んできた。当然回避はするが、あそこから隙を見て打ってくるとは、油断は禁物だな。きっとレベルは4くらいだ。俺と同じくらいか。

俺が回避で攻勢を弱めたことで、今度は湊さんが攻めてきた。やっぱり女の子だからか、威力はさほど大きくはない、ないが……むう、手数が多いな。俺よりスピードにスキルを振ってるか？

だがこれくらいなら対応できるぞ。身体能力も強化してるし、技のほうも……。

「な、えっ⁉」

と思っていると、突然目の前に剣が現れた。驚く間もなく湊さんはそれを取り、ラッシュの余韻もそのままに切りつけてきた。

当然、格闘をしていた俺たちの間合いはかなり近い。そこから剣で不意打ちされれば回避できるはずもなく、直撃こそ回避できたものの、身体を打たれて弾《はじ》かれた。

地面を転がりながらゲージを確認すると、しっかりダメージを食らっている。もちろんトラックに比べれば大したことないが、ものがものだけに、思っていたよりダメージは多い。ライフにもスキル振ったほうがいいな、これは。

身体を起こして構えなおす。湊さんは既に剣をしまっていた。不意打ち用、なのか？　追撃してこなかったのは警戒したから？　だとしたら残念、俺はあそこから反撃する手段はないし、武器に対する備えはない。

けど、それとは別に俺は一つわからないことがあって、湊さんに問いかけた。

「い、今、何を？」

……自分で思っているよりその聞き方は情けなかった。

湊さんは表情を変えなかったが、いい印象はないだろうな。敵とはいえ女の子の前ではかっこつけたいんだが。……男のサガだ、ツッコミは禁止だ。

「ただアイテムボックスからものを出しただけよ」

「ウソだろ？」

湊さんの答えに、俺は即答した。できるはずないと知っているからだ。

アイテムボックスから物を出すには、メニューを開かないといけない。しかし、さっき彼女はそれをしなかった。俺は騙《だま》されないからな！　なんかそういう感じの特殊能力に違いない！

「いいえ、本当よ。ただ、正しい順序ではないけどね」

「なんだって？」

正しい順序じゃない？　他に取り出し方があるのか？　抜け道……っていうか、裏ワザみたいなそんなやつが？

「言葉の通りよ。こんな感じでね」

言うや否や、彼女の目の前に銃が現れる。それはすぐに彼女の手に収まり……。

……あ、やっべえ！

「うおあっ！」

間一髪！　俺はとっさに横に跳んで銃弾を回避した。

「いい反応ね。動体視力か反射神経にスキル振ってるわね？」

「……っ！」

正解だ。立ち上がりながら、俺は自分が無意識のうちに顔をしかめたことに内心で舌打ちする。

しかしそれよりも、銃を向ける湊さんにいつでも対処できるように身構える。攻撃を捨て、回避に専念だ。

が、そんな俺の前で彼女は銃をしまった。今度はメニューを出していたから、普通にしまったんだろうが……。

「種は意外と簡単よ。方法までは、教えられないけどね」

ふふ、と湊さんが笑う。くそう、残念なことにそれが似合うと思ってしまう俺がいる！　俺、負けてるのにな！

ええい、攻撃、攻撃だ！　銃がないなら距離を詰められる！

湊さんに向かって俺は突進し、……そしてすぐに後ろに跳《と》び退《の》いた。

「待て待て、それはちょっと待て⁉」

彼女が新しく取り出したもの――それは、ロケットランチャーだった。

第9話　予選　3

ヤバい。とにかくヤバい。

十数歩程度しか離れていないタイマンで、ロケットランチャーを向けられるこの恐怖。いくら既に死んでいるからって、生前の知識や記憶がある以上、あんなものを向けられたらビビるよ！

っていうか、ていうかだよ！　あんなもん買えるのか、この世界は！

確かにカタログには伝説の聖剣とか載ってたけど！　おかしいだろ、ロケットランチャーって！直撃食らったらライフがどれだけ減るか想像もつかねーよ！

ってか、そもそもあれいくらするんだ？　銃もそうだけど、ああいうのって本体と弾が揃って初めて使えるものだろ？　俺知ってるんだぞ、弾が別売りだったの。それも結構値が張ったことも！

湊さん、初期ポイントどんだけ持ってたんだ。まさか借金とか言わねーよな？

「ま……まあ待ってくれ、湊さん。君の勝ちたいって気持ちはよくわかるぜ。わかるが、いや、それにしたってロケランはちょっとやりすぎじゃね……？」

ロケットランチャーを構える美少女という図は一部の人には受けるかもしれないが、あいにく俺はそういう方面には足を踏み入れていないし、何よりターゲットが俺だ。

逃げ腰になりながら、なるべくそれだけは勘弁してくれというポーズを取って、説得を試みる。

いや、無駄だとは思うけどさ……。

「私の能力は戦闘に使えなくってね。悪いけど、こういうのを使うしかないのよ」

ですよねー！

どうする……どうする俺！　この状況で何ができる⁉　今できることと言えば……。

「えーと、ちなみにどんな能力で……？」

聞きながら、俺は右手をポケットに滑り込ませる。その手にライターをつかみ、いつでも使えるように握りしめた。

今できること、それはフレアロードだけだ。チャンスは、湊さんがロケットランチャーを撃つ前のみ。あのおっかない代物を――燃やす！

「言えるわけないじゃない。他人に自分の能力を暴露するなんて、バカのやることだわ」

あ、はい、そうですね。本当、そうですね。はい、言い返せません。

湊さんはなんていうかあれだな……言いたいことはそのままズバッと言っちゃうタイプなんだろう。えーと、なんていうんだっけこういうの。歯……歯にキアヌ……いやこれ以上はやめておこう。

俺はため息をつきながらライターを握った手をポケットから出し、後ろ手に着火する。なんとか時間は稼げた。ここから、これからの一瞬で勝負は決まる……！

「じゃあ、そろそろ行くわよ？」

「ぜってー嫌だね！」

一応言うだけ言ってみたが、当然やめてもらえるわけもなく、無慈悲にも湊さんはロケットランチャーを発射した。

彼女にやめる気がないことはわかっていたので、俺は彼女の指が動くのを見るより早くライターが出していた火を最大級に大きくして（規模も威力も）、彼女目がけて発射する。

当たり前の話だが、どれだけ俺が炎を操れたところでロケット弾より速くなるわけがない。だからこそ、なるべく早く動かなければならなかった。

そしてそれは、発射直後のロケット弾を包み込んだ。

ただの火じゃない。スキルでいろいろと強化された火だ。それがロケット弾と接触する。

するとどうなるか？　答えは……。

「ぬわあああぁぁぁーっ‼」

「きゃあああぁぁぁっ⁉」

俺と湊さんの中間くらいで、ロケット弾が爆発した！

耳がマヒしそうなほどの爆音と衝撃が俺たちを襲い、次いで爆風に吹き飛ばされる。

幸いにも真上ではない方向に吹っ飛ばされたので、俺はギリギリのところでなんとか屋上の縁をつかむことができた。そのまま命綱なしでビルのてっぺんからぶら下がる形になる。

……こんな感じのシーンを映画で見たことがあるな。確か、世界一運の悪い刑事が主人公の。

映画じゃそのシーンが来る頃彼は既に満身創痍《そうい》だったが、俺は既に死んでるので常時絶好調だ。

ライフは気づけば半分以下になっているが、体力や気力に衰えはない。もちろん、手から握力が抜けていくなんてこともない。死んでいて本当によかった。

「よ……い、せ！　っと……！」

なんとか屋上に復帰して、最初に目に入ったのは中央付近に開いた穴だった。

……とんでもない威力だ。半分くらい俺がやったとはいえ、目の前で実際に見るとぞっとする。

ただ、そこに湊さんの姿は見当たらなかった。

「えーっと、湊さんはどこ行った……？」

つぶやきながら周りを見渡してみる。が、やはり彼女の姿が見当たらない……ン、いや待て？

よく見ると、屋上の縁をつかんでいる手が見えた。俺とは正反対のほうに飛ばされて、同じようにぶら下がってる状態ってことか。

近くまで駆け寄ってみれば果たして、屋上からは彼女がぶら下がっていた。

「大丈夫か？」

「……これが大丈夫に見えるの？」

彼女ももちろん既に死んでいるので、俺と同じく身体に不調があるようには見えない。ただ、自分の体重を引き上げられるほどの力はないのだろう。腕力にはスキル振ってないのかな。

彼女のゲージは半分よりやや多く、俺との差はさっきの剣によるダメージがあったから、かな。

まあともあれ、このまま黙って見ているわけにもいかねーよな。

「……だよな。すまん、今引き上げる」

「はあ？」

言いながら腕をつかむ俺に、湊さんはそう言って何とも言いがたい顔を向けてきた。

うん？　そんな顔されるいわれはないと思うが……まあいいや、さっさと引き上げちまおう。

自分の身体に目いっぱい力を込めて、湊さんを引っ張り上げる。片手で人一人を持ち上げるってのは、フィクションじゃよくあるが実際はすごく大変なんだな……なかなかあがらない。ファイト一発の掛け声でなんとかなればいいが、あいにくここは現実だ。

いや、俺ら死んでるけど。

「……ふう、なんとかなったか」

悪戦苦闘……とまではいかないが、そこそこ苦労して、なんとか湊さんを引き上げることに成功する。彼女をその場に座らせて、とりあえず一息。

「……あんたバカじゃないの？」

「は？」

一仕事やり終えて満足していた俺は、予想していなかった言葉に驚いた。

目を向ければ、湊さんは右手に拳銃を持って俺をにらんでいる。

え、あれ？　なんで？　俺、助けたよね？

「仮にも私たちは敵なのよ？　しかも私たちはとっくに死んでて、トラックに撥《は》ねられようが目の前で爆発が起きようが、痛みもないしこれ以上死にもしない。当然ここから落ちたって無傷だわ。なんで助けようと思ったわけ？」

とげとげしい言葉と共に、銃口が俺の目の前に迫る。

あー、これはいくらなんでもかわせねーな……フレアロードしかけるにしても、肝心のライターは手元にない。さっき使ったやつは飛ばされた時にどこかにやっちまったし、もう一つはポケットの中だ。

残り時間も多くないし、この戦いは勝てないかもしれん。しまった……さっきの一瞬、バトルの最中ってことを完全に忘れたよ……。

「……答えなさいよ」

俺が黙っていると、額に銃口を押しつけながら湊さんが凄《すご》んできた。怖さはないが、元々の顔立ちが美人だからか絵にはなる。

しかし答えろって言われてもな……。

「特に理由なんてねーぞ……湊さんが落ちるかもって思ったら、助けなきゃいけねーって思っただけで」

いや本当に、それ以外に答えようがない。

だがその答えは、湊さんには予想外だったのだろう。ぽかんと口を開いて、目を丸くしている。

「……あんた、ホントバカでしょ」

「し、しゃーなしだろ!?　生前だったら落ちたら死ぬじゃん！」

「まだ生きてる気でいるなら、それこそバカだわ」

「言い切るほどかあ!?」

俺がバカなのはわかっちゃいるが、学校の成績以外でこれほど言われるのはなかなかないぞ！

「言い切るほどよ。あーあ、もうなんかどうでもよくなっちゃったわ」

ため息交じりにそう言って、湊さんは銃を下げた。

「……えーと。湊さん？」

その行為は、追いつめた俺をみすみす見逃すことじゃないのか。それこそバカって言われても仕方ねーぞ？

「残り……五分ちょっとか。終わらせるには十分ね」

「いや、俺にはまったく話が見えてこねーんだが……」

「だから、もういいって言うのよ。私はもう出せる手は全部出しちゃったし」

「……え、その銃」

「弾切れ。ロケランが高くってね、補充できなかったわ」

「能力……」

「さっきも言ったけど、私のは戦闘に使えない」

えーと。

……いや、これはどういう状況だ？

「バカのくせに難しく考えようとしないでよ。ややこしくなるだけだから」

「う……っ、で、でもだな」

「はいはい、バカはそこで黙って見てなさい。とりあえず、今からあんたに勝ち譲るから」

「……はあ」

それこそバカみたいに頷いた俺に、湊さんはどこか勝ち誇ったような顔で言った。

完全に黙らされたから、その表情はわからなくもないが……ないんだが、勝ちを譲る？　何を言って……。

「っておいいいぃぃぃ!?」

思わず俺が叫んだのは、湊さんが突然屋上からアイキャンフライしたからだ。

早まるな！　今はまだ別れの時じゃないし、未来を信じて飛び立つような状況でもないぞ！

……いや、俺ら死んでるんだったな。別に飛び降りたところで、死にはしないだろう。だって死んでるし。

でも、ダメージは受けるはずだ。トラックに轢かれ、目の前で爆発に巻き込まれた経験から言うと、ここから飛び降りた場合、仮にライフが最大でも一気にゼロになる可能性があるはず。

慌てて端まで移動して下を見れば果たして、湊さんが地面に激突して一気にライフをゼロにしたところだった。

その瞬間、俺の身体が一瞬硬直して動けなくなり、空に「YOU WIN」の文字が浮かび上がる。

「か、勝ちを譲るって、そういうことかよ……!?」

唖然《あぜん》としながら、絞り出すようにつぶやく。

そしてその瞬間。覚えのある白い光があふれ出し、俺の身体を包み込んだ。

第10話　彼女の目指すもの

『これはまさかの幕引きだぁー！　湊選手、自らライフを削って明良選手に勝ちを献上！　このバトル、明良選手の勝利です!!』

例の壁にかかったディスプレイから、司会のそんな声が聞こえてきて俺は目を開ける。

いつの間にか俺は、ワープ装置の上に立っていた。

隣に思わず顔を向ければ、そこには湊さんが何事もなかったみたいに平然とたたずんでいる。その目は、どうでもよさそうにディスプレイを見つめていた。

『さて、明良選手が白星スタートを切ったところで第十二リーグ、続くバトルの連絡をさせていただきます！』

湊さんに声をかけたかったが、司会がそんなことを言い始めたのでぐっとこらえて画面に目を向ける。次の連絡なんて言われたら、さすがに聞き逃すわけにはいかない。俺だって、そこまでバカじゃないんだ。

『次のバトルは、今から一時間半後を予定しています！　しかし、もちろん次の参加者二人が早めに会場入りした場合、それより早く開始となることもありますのでご注意を！』

もちろん、ってなんだそれ。俺知らないぞ。そんなルールがあったのか。見る側のルールか？

『繰り上げ開始の場合、最短で今から一時間後とします！　それ以前の開始はありませんので、ご観覧の皆さまにおかれましては、一時間を目安に行動していただければと思います！　それでは皆さま、早ければ一時間後にまたお会いしましょう！』

司会のその言葉で、ディスプレイはホワイトアウトして沈黙した。正確には、観客の声は聞こえてくるけどそれだけだ。

終わったか……ようやく湊さんに、と思ったら今度は白一色のディスプレイにテロップが。

『お二人の次なる日程は、メッセージに送信致しましたゆえ確認の程お頼み申しまする』

テロップ、最初もそうだったけどなんで古めかしいの？　もしかしてこれにも人格があるとか？

……いや、まあいいや。今はそれどころじゃなくて。

「湊さ……って、いない!?」

行動早っ！　何もそんなすぐに動かなくたってよくねーか!?

と、とにかく後を追おう。まだ遠くには行ってないはず！

慌ててポータルから出れば果たして、湊さんはまだ廊下を歩いているところだった。

「待ってくれよ！」

その後ろ姿に声をかけて、俺は彼女に追いつく。

「……何？」

振り返った湊さんの顔は、少しめんどくさそうだった。……最初見た時は楚々とした美人、なんて思ったものだが、意外と表情は豊かなのかもしれない。

……いや、今はそんなことよりだな。

「なんで自分から負けたんだよ！」

これが聞きたくてしょうがなかったんだ。

さっきのバトルは、はっきり言って俺が負けていたと言っていい。ライフの残量も、戦い方の内容も、明らかに俺が押されていた。いくら戦う手段が残っていないからって、諦めるほどの状況ではなかったはず。最悪、逃げてタイムアップに持ち込むという方法だってあったはずだ。

なのに、自分から飛び降りてわざと負ける。それは理解に苦しむ行動だったし、何より俺の気分的に、まったく納得できない。

「言ったじゃない、もう手段がなかったって」

「やり方はいくらでもあったじゃねーか。それに、剣は残ってただろ？」

「剣にはスキルを振ってないわ。あれは不意打ちだったから当てられただけよ」

「……いやでも、何かあっただろ。湊さんは俺よりぜってー頭もいいはずだし」

俺の問いに、湊さんは「あーもう」とだけ言って深いため息をついた。その顔は、さっきよりもはっきり、「めんどくせえ」と言っているようだ。

そして彼女は露骨に舌打ちして、少し怒ったような口調で言い放つ。

「私はそもそも、このトーナメントで勝ち上がるつもりなんてないのよ」

「……な、えっ？」

その答えは、俺にとってまったく予想していないものだった。

「こんな茶番に付き合うつもりなんて、これっぽっちもないの。死んだら死んだ、それで終わりでよかったのに。わけのわからない試合なんてさせられて、挙句の果てに見世物よ？　やってらんないわよ」

「…………」

「あんただって開会式見て幻滅したような顔してたじゃない。さっきは実況でおもしろおかしく言われて。それでなんとも思わないわけ？　私は嫌よ。死んでまで勝手にあることないこと言われるなんて、絶対嫌！」

湊さんが語気を強めて断言する。クールな人ってイメージだったが、本当はすごく熱い人なのかもしれない。

「だから私は戦わない。客席の連中が何だか知らないけど、そんな連中が望んでる見世物なんてダメになっちゃえばいいのよ。こんなふざけた大会なんて、台無しにしてやるわ」

そう締めくくって、彼女は満足そうに笑った。

なんてこった。彼女はこのリバーストーナメントそのものをぶっ壊そうとしてるのか！　それは……それって認められるのか⁉

気持ちはわからなくはないけど、転生したいって本気で思ってる人はたくさんいるはずだし、彼女一人の感情でどうにかしていい問題じゃないと思うんだが……。

う、うーん、ダメだ。彼女が正しいのかどうか、俺には判断できねー。正しいとも思うが、間違ってる気もする。こういう時は自分の頭の悪さが恨めしい。

「……言いたいことは、なんとなくわかった、けどさ」

とりあえず黙ったままいるわけにもいかないと思って、そう返す。

えーと、なんて続けよう。えーと……。

「戦わない、ってわりには、その。手がなくなるまでは結構マジで俺と戦ってたと思うけどな？」

よし、これだ。とっさに考えたわりにはナイスな質問じゃね？

「あんたもそのうちわかるわよ」

返事は、冷めた表情と共に返ってきた。

「このリバーストーナメントってシステムが、いかに面倒な仕組みをしてるかがね」

そうして湊さんは、ふん、と鼻で笑って一歩下がる。

そんなに嫌なのか、人からあれこれ言われるのが。俺にしてみれば、他人からの評価なんてそれ以上でもなんでもないと思うんだけどな……。

「よくわかんねーんだけど」

「あんたはいいわね、バカで。深く考えなくて済むのは気楽だわ」

「否定はしねーが、そう何度も言われるのも結構しんどいんだぞ？」

「……悪かったわよ。ごめんなさい」

おっと。その返しはまたしても予想してなかったぞ。てっきり畳み掛けられると思ったんだが。

随分としおらしい返事だったので、どう返せばいいのかわからず黙ってしまう。そのまましばらく俺たちは黙り込んでいたが、

「あー、その。お詫《わ》びじゃないけど。一つ教えてあげるわ」

「教える？」

咳払《せきばら》いしながら、湊さんがちらりと目を向けてきた。

「あんたさ、私たち参加者が他の人のバトルを観戦できるのどうせ知らないでしょ」

「……考えたこともなかったぜ」

「だと思ったわよ……。初めてここに来た時、客席のこと教えられたでしょ？」

「ああー……そういえばあったような……」

控室と客席の入り口があるって、言われてたっけか？

「客席に行けば他の人のバトルを見れるわ。次のバトル、私たち以外の二人が戦うやつだから、あんたがもし勝ち進みたいなら研究のために見ておくといいんじゃない？」

「お、おお……それは見ておいたほうがよさそうだな」

「ちなみに補足。私たちのバトル、参加者で見に来てたのは十三人。あんたの能力が『火を操る』ってことを知ってるのは、現状私を含めた十四人だけよ。そしてその中に、第十二リーグの残る二人はいない。安心しなさい」

……戦わないって言うわりには、情報収集しっかりしてんなあ。本当に戦う気がないんだろうか。さっき言った、リバーストーナメントの面倒な仕組みとやらが関係してるのか？

それも気になるが、それ以外にも気になることはある。

「なんでそんなことまでわかるんだ？」

「……仕方ないわね、ご祝儀代わりにもう一つ教えといてあげる」

え、あ、どうも。

「他の参加者の位置は、一度特定範囲内まで近づいた相手ならマップに名前が表示されるわ」

「マジで!?」

言われてびっくり、俺は思わずメニューを出してマップを確認する。

なるほど、確かに今俺の目の前にいることになっている赤いマーカーには、湊さんのフルネームが表示されていた。さっきはなかったのに……。

「……マジだ」

「名前さえわかれば、それがどこのリーグの人かは対戦表見ればわかるでしょ」

「なるほどなあ……」

まあ俺、その対戦表は自分のリーグ以外見てねーから誰が誰かサッパリだけどな。これを言ったらまたバカって言われそうだから胸の内にしまっておこう。

しかし湊さん、半端なく頭いいな。頭いいだけじゃなくって、いろんなことを調べることも得意なんだろう。

俺が気にしなさすぎってのもあるかもしれないが、それでも俺がどれだけがんばってもここまで情報をつかむことはできない気がする。どうやったらここまでわかるんだ?

「それじゃ、私そろそろ行くわ」

「え？　あ、お、おう。いろいろサンキューな」

「どういたしまして。それじゃあ、……」

一旦向きを変えて言いかけた湊さんだったが、途中で言葉を切ってもう一度俺へと向き直った。

「……えーと。一応、だからね」

「は？」

「その。さっきは助けてくれて、……ありがとうね」

そしてそう言うと、さっと後ろを向いて足早に立ち去っていく。

さっきは……？　えーっと……。

「……ああ、もしかしてバトルの最後に引っ張り上げたあれか？」

俺が湊さんの言葉の意味に気がついた頃、既に彼女の姿は視界から消えていた。

「もう、随分言ってくれましたね」

そして不意に、後ろからイメちゃんが現れる。その感じはどことなく困った感じであり、また登場のタイミングは湊さんがいなくなるのを待っていたようだ。

「気持ちはわからなくもねーけど、湊さんのアレはやりすぎだよなあ」

「同感です。ボクはトーナメント側の存在なので、面と向かって否定されるのが少しカチンと来たというのもあるんですが……」

むう、とほおを膨らませるイメちゃんは相変わらずかわいい。

とはいえ、その口調には怒りが少し見える。さすがにあれだけ言われたら、彼女でも来るものがあるらしい。

「このリバーストーナメントは、確かにエンターテイメントです。それは否定しませんしできません。ですがそれは、決してパンと見世物を望んだかつてのローマと同じものではありませんし、意味のないものでもないのです」

「……なくなったら困る人だっているだろ？」

「もちろんです。最初にも申し上げましたが、すべての人を転生させることはできないのです。かといって、寿命前に亡くなった方を機械的に輪廻《りんね》の輪に戻すのも、当事者の方々にとってはそれで終わらせてほしくないはずなのです」

「湊さんだって、転生したくてトーナメント参加を選んだはずなのになあ」

俺はしたかったわけではないが……それでも戦ってみたいって思って選ぶことはできたわけだし。他の参加者だって選んでここに来たはずだ。

参加しておいてその方法が嫌、っていうのはどうかと思うがなあ……。

「……まあ、あまりここでどうこう言ってもしゃーなしだな。もし湊さんが本気でこのトーナメントを妨害するなら、なんとか止めてやればいいんだし」

「そうですね。ボクからも運営側に注意を促しておきます」

「そんじゃま、せっかくだし次のバトルを見学してみるか。どんな人がいるのか見ておくに越したことはないだろうしな」

「はい、参りましょう」

そして俺は、イメちゃんを伴って観客席へと移動するのだった。

第11話　観戦しよう　1

「うおお……」

観客席に足を踏み入れた俺は、思わず息をのんで立ち止まった。

視界に収まりきらない、ものすごく広いスタジアム。周りを囲う観客席の数はそれに相応《ふさわ》しく、万単位の人が入れることは間違いないだろう。

そんな広い観客席が、座席の大半が埋め尽くされ、見渡す限り人、人、ひ……あ、いや、人じゃないのもいるけど。とにかく、ものすごい人の数だ。ワールドカップとかそういうレベルだぞ。

まだバトルまで時間があるからか雰囲気は落ち着いているけど、周りはいつでもヒートできそうな調子で語り合う人たちだらけだ。

「なあイメちゃん、これ座席ってどうなってんだ？」

「基本、早いもの勝ちですね。一部例外もありますが、それは残念ながら亮様には該当しません」

「そーか……ってことは、空いてるところを探すしかないんだな」

この人ごみの中から空いてる場所を探すのか……かなりしんどいな。立ち見ができりゃいいが……ま、何はともあれ探すとしよう。このスタジアム、なんていうかそっくりそのまま東京ドームじゃないか？　ディスプレイまで掲げられているぞ。東京ドームより広い気がするけど。

俺としては、バトルをやっているからかコロッセオのイメージがあったんだが、全然違う。めっちゃ日本だ。

そういえばここ、トーキョーエリアだったな。スカイツリーの中にこんなスタジアムがあるっていうのもおかしな話だが、そこはもう今さらだ。

そんなスタジアムの観客席だが、改めて見るとやっぱり人間じゃない人が結構混ざってる。見間違いじゃない、明らかに人の形してない人がいる！

「な、なあイメちゃん。どう見ても人間じゃない人もいるっぽいんだけど、どういうこと……？」

「ふふふ、前にも少しお話ししたでしょう？　このトーナメントには他の世界から見に来る方もいるって。つまり、そういうことです」

「な、なるほど……異世界の人ってことか……」

というか実在するのか……。いや、あったら楽しいなとは思ってたけど、実際にこの目で見ると不思議な気分だ。

明らかに脚が逆関節な人とか、明らかに手が羽になっている人とかいるもんな……。さすがに話しかける度胸はない。そもそも言葉通じるかもわからんし。

彼（？）らの前を横切りながら、空席を探す。やっぱり空いてるところはないなあ……。

うーむ、とうなりながら歩き続ける。途中、よりフィールドに近い場所にも移って探してみたが、やはり空席はない。これは詰んだんじゃないだろうか。

なんて考えていると、人ごみの中に見覚えのある輪っかが浮いているのが見えた。あれをつけているのは参加者だけのはず……死んだ者同士のよしみで、心当たりがないか尋ねてみよう。

「すいませ、……うおっ⁉」

「は、はいっ？」

俺が驚いたのはそこにいたのがどう見ても小学生の男の子だったからではない。彼の隣に、教科書で見た雷神っぽい鬼が座っていたからだ。しかもそれは、男の子の身体から浮かび上がっている。

なんだこいつ⁉　とんでもない迫力してんだけど⁉

い、いや、落ち着け俺。小学生を前にしてビビってるなんて、情けないったらありゃしない。平常心、平常心だ……！

「あ、あー……と、初めまして」

まずはあいさつ。基本中の基本だな、うん。

「は、はじめまして……」

どこか怯《おび》えた感じで、男の子があいさつを返してくる。うん。礼儀正しい子じゃないか。

なんて思っていると、

「初めまして、補助人格のマスラと申します」

雷神様がずい、と前に出てきてご丁寧にも頭を下げてきたので、いろんな意味でもう一度ビビった俺である。

「あ、ど、どうもよろしくお願いしゃーす⁉」

なんて頭を下げ返しつつ。

えーと、補助人格？　って、確かシードの赤ん坊様が持ってた阿修羅みたいなアレのことだよな？　見た目が全然違うけど、いろんなのがいるってことなんだろうか。

人と会うたびに疑問が増えていくな……。

「主に代わり用件を伺います」

「あ、はい」

見た目とは裏腹に、紳士な対応のマスラさんに言われて俺は返事する。

この人案外丁寧だな。見た目で損するタイプの人か。おかげでちょっと落ち着けたので、本題を切り出すことにしよう。

「えーとすね、俺もバトルを見ようと思って来たんすけど、どうも空いてる席がないっぽくて。どこか空いてそうなところとか、教えてくれないかなーと思って」

「なるほどわかりました」

俺の言葉に頷いて、マスラさんが男の子に向き直った。

それからしばらく、二人はメニューを開いて話し合う。何をしているんだろう……相談なら口ですればいいのに、わざわざメッセージ？　人に聞かれちゃまずい会話でもしているんだろーか。

疑問は尽きないが、それをここで言うのは失礼ってもんだろう。イメちゃんに聞くにしても、先に尋ねたのは俺だし。待つとするか。

「あ、あの」

待つこと数分、男の子が声をかけてきた。

「うん?」

「他に空いてるところがあるかどうかはその、わかんないんだけど」

先ほどまでのおどおどした雰囲気を感じさせることなく、男の子は言う。時折俺の様子をうかがうように視線をちらっと向けてくる辺り、まだ少し俺を警戒してるかな?

「ボクの隣でよければ、使っていいよ」

「え、マジで? いいの?」

と思ったら子供らしからぬ気遣い! めっちゃいい子だこの子!

「マスラは出し入れ自由だから」

補助人格もそんなことできるのか……イメちゃんと似たような感じなんだろうか?

いやしかし、しかしだよ。この席は、この子が使っていた席だ。いくら厚意とはいえ、俺が割り込んだことには変わりない。本当に甘えてしまっていいものかどうか。

「主は構わないと言っています」

まるで俺の考えを見透かしたかのように、いいタイミングでマスラさんが言葉を挟む。ああ、覚えのある間だな。この人も心が読めるのかもしれない。

「……本当にいいのか?」

「うん、いいよ。だってお兄さん、さっき戦ってた人でしょ? 見てたよ」

「うあ。あ、あー、それはそうだが、見られてたか……情けねートコ見せちまったな」

主に出だしのトラックとか。アレについては、何を差し置いても過去の俺に助言しておきたいレベルだ。

気恥ずかしさにがしがしと頭をかく俺に、男の子は小さく笑う。

「あれはしょうがないよ」

……気遣いが逆に痛い。

このままだと俺のメンタルがマッハでやられそうなので、話を戻すことにしよう。

「えーと、なんだ。ここ、本当にいいんだよな？」

「うん、いいよ。一緒に見ようよ」

「……ん、わかった。じゃあ、甘えさせてもらうよ」

男の子に頷いた、その瞬間にマスラさんが消えた。イメちゃんとはちょっと違って、男の子の身体の中にすうっと吸い込まれていく感じで。

彼から浮かび上がる形だったから、一心同体に近いのかも。

まあ何はともあれ、空いた席に俺は腰を下ろす。

「ボク、龍治真琴《りゅうじまこと》だよ。よろしくね、お兄さん」

そこに、男の子——龍治君からにっこりと笑顔を向けられた。俺は彼に微笑み返すと、

「明良亮だ。よろしくな！」

そう言ってぐっと親指を立てたのだった。

＊

「そうか、龍治君はシードなのか」

「うん、だから予選期間中はあんまりやることがなくって。……あ、別に苗字《みょうじ》じゃなくっていいよ。真琴でいいよ、お兄さん」

「そうか？　遠慮しねーぞ？」

「しなくっていいよ」

「わかったよ、真琴」

バトルが始まるまでの間を埋めるため、俺たちはお互いのことを話し合っていた。もちろん互いの能力とかは秘密だが、意外と彼は人懐こい性格で、短い時間だが結構打ち解けることができた。

なんとまあ、真琴はたった二人しかいないシードの一人だった。片方が生まれてすぐ亡くなった赤ん坊なのに対し、彼は十一歳とのこと。赤ん坊様を除けば、今大会最年少らしい。なるほどシードになるわけだ。

十一歳か……俺はその頃何してたっけな？　あまり覚えてねーけど、少なくとも彼みたいに行儀よくはなかったなあ。

毎日遊ぶのに忙しくて、宿題はサボり放題、先生や親に怒られてばっかりだったような気がする。うん、手のかかるガキだった。

すまんな父さん母さん、何もできず先に死んじまったよ。その代わり妹は助けたから、それで勘弁してほしい。

「はい、お兄さん」

柄にもないことを考えていると、真琴が何か差し出してきた。

「ん？　……お、おいこれ」

「ポップコーンは嫌い？」

「いや、そういうわけじゃねーが……」

それはポップコーンだった。匂い的に、たぶんキャラメル味。でもって、めっちゃ多い。アメリカじゃあるまいし、なんだその量。

「いいのか？　真琴が買ったもんだろ？」

「いいんだ。つい買っちゃったけど、多すぎて正直飽きてきちゃっててさ。お腹《なか》はいっぱいになんないけど、もうあんましいいやって」

そう言って、てへへと笑う真琴。

なるほどな、気持ちはわかる。ポップコーンって基本、多いよな！

そういうことなら、もらっちまうか。死んでから初めての食べ物だ。

「んじゃ、遠慮なくもらうとすっかな」

そう答えて、俺は無造作にポップコーンを数個つかんで口に放り込む。

その瞬間、キャラメルの味とポップコーン独特のサクサクした食感が口の中に広がった。おお、食べる感じは生前と変わらないんだな。なんか嬉《うれ》しい。

そして数日ぶりの食事は、自分で思っていた以上に感動的だった。なんだろう、食うってこんな素晴らしいことだったんだな！

「……うまいっ！」

叫ばずにはいられなかった！

「そ、そんなに？」

「ああうまい、めっちゃうまい」

手が止まらない。俺のじゃないんだが、こううまいとなると自制が利かないわ。すまん真琴、あとで埋め合わせするからな。

しかしこうなってくると、飲み物もほしいな……。ああ、一度は抑えたコーラの欲求が……！

「く、俺は飲まないって決めたんだ！」

「大丈夫？」

「ああ、大丈夫だ……俺の精神は鋼だからな！　飲み食いで貴重なポイントを使うわけにゃいかねーんだよ……！」

「貴重って……一〇〇とか二〇〇だよ？」

「ちりも積もればチョモランマだ！」

「……言いたいことはわかるけど」

真琴は苦笑して、一つだけポップコーンを口に運んだ。

「じゃあお兄さんは、食べ物まで節約してスキルにポイント振ってるの？」

「ああ、そうだ。死んでから何も食べてなかった！」

「努力するトコ違うんじゃないかなあ……」

「だって使わなくていいところってそれくらいしかねーじゃん⁉」

「えー、だってバトル中のライフ回復してくれるじゃん。食べ物すっごく大事だよ？　ボクは絶対あったほうがいいと思うけどなあ」

「大事なのはわかるが……え？」

待てよ、今、とんでもないことを聞いた気がするんだが？

「ちょま、真琴、今なんつった？」

「え？　絶対あったほうがいいって……」

「いや違う、その前」

「食べ物は大事……」

「もっと前、前！」

「バトル中ライフ回復……」

「それだ‼」

聞き間違いじゃなかった！

俺は思わず身を乗り出して真琴の細い肩をがしっとつかむ。突然のことに、彼はびくっと身体を固くした。

「マジか⁉　食べ物でライフ回復するのか⁉」

「ほ、ホントだよ。マスラが言ってたし、ボクもトレーニングルームでやってみたもん」

「マジかああ!!」

なんてこった！　そんな裏ワザがあったなんて！

「……もしかしてお兄さん、知らなかった？」

「知らなかった！」

ライフ回復用のアイテムがなかったのはそういうことか……。そうだよな、こんだけ日本のゲームシステムをコピってるのに、回復アイテムがまったくないってのはよく考えればおかしな話だ。ゲームによっては食べ物でライフが回復するやつだってあるんだし。

うおお、とうめき声が喉をついて出てくる。それを知ってたら俺だってコーラの一つや二つ！　じゃなくて！　さっきのバトルももう少しマシに戦えたはず！

なんてこっただよまったく！

「……真琴はマスラさんに教えてもらったのか？」

「うん、トーナメントのことは大体。それが補助人格の役目なんだって。でも、さっきお姉さんがやってたアイテムの取り出し方はマスラも知らないって言ってた」

お姉さん……ああ、湊さんか。マスラさんが知らないってことは、やっぱりあれは裏ワザなんだろう。今度会ったら教えてもらいたいところだ。

しかし補助人格。イメちゃんとは違って、参加者を実際にサポートする人たちなんだろう。イメちゃんは、特定の個人に優位に働くようなことは極力言わないようにしてるところがあるけど……。

だとしても、まったく試さないで勝手に断食してたのはつくづくバカだな。少しは疑問に思えよ……。

『皆さんっ！　おまーたせー致しました！　これより第十二リーグ予選第二試合をはじめます！』

俺がちょっと凹《へこ》んでいると、あの司会の声がスタジアム全体に響き渡り、周囲から歓声が沸き上がった。

「あ、お兄さん始まるよ！」

声をかき消されないように精一杯声を張る真琴に、肩をぺしぺしと叩かれて俺は顔を上げた。

いつの間にかフィールドには、二つの人影があった。ただし、足元に影がないのでそれが本物ではないんだろうなあとはなんとなくわかる。ポータルに入るとここに立体映像として映される仕組みなのかな。

立っているのは迷彩服を身にまとった男性。しかし、屈強な戦闘員という雰囲気はない。ほおはこけているし、身体つきはガリッガリ。どう見ても普段から運動してませんって感じだ。スキルのない生前の俺でも、パンチ一発でKOできそう。見た感じ、三十オーバーは間違いないだろう。

もう片方は、なんちゃってなデザインの和服を着た女の子。和服とブレザーを足して二で割った改造制服、と言えば一番それらしいだろうか。にしてもあれ、力入りすぎだろ。っていうか、あれで動き回れるんだろうか。ちなみに、湊さんよりだいぶ幼く見える。真琴よりは上っぽいから、中学生かな？

『赤コーナー！　空永治《そらえいじ》選手！』

歓声があがる。

『青コーナー！　織江伊月《おりえいつき》選手！』

もっと歓声。

くっ、やはり男より女のほうが人の目を引き付けるのか⁉

『さあぁァ両者とも！　転移装置にあがってください！』

司会の言葉を受けて、二人が装置の上にあがる。

『ルーレット開始ィ！』

と同時に、司会が手を掲げながら宣言。ここまでは俺が体験したのとまったく同じ。

しかしその後のルーレットは違った。フィールド上に、様々な形のエリアの立体映像が浮かび上がり、中央の二人を囲んでぐるぐると回転し始めたのだ。設置されている巨大ディスプレイでは、ポータルのそれと同じように写真が連続して切り替わる形になってはいるが。

立体映像で表示されると、すぐ切り替わる写真ではわからなかったものがなんとなく見えてちょっと楽しい。中には、俺が戦ったシティエリアの姿も見えた。

『さあー、今回のバトルエリアは……⁉』

写真、そして立体映像が動く速度がだんだん遅くなっていく。

そして……。

『キャッスルエリアッ！　ジャパアアアンスタイル！　だあぁぁーっ‼』

画面に、見覚えのある白い城が映し出された。フィールドでは、選ばれたらしい城の映像だけが残って存在感を放っている。

キャッスルエリア、ジャパンスタイル……とってもわかりやすいネーミングだ。ジャパンスタイルってことは、ヨーロッパスタイルとかチャイナスタイルもあるんだろうか。ヨーロッパスタイルは気になるな。今度ここで見ることがあったら探してみよう。

「あ、姫路城だ！」

隣で真琴が嬉しそうに声を上げた。

姫路城。えーと……なんだっけ、聞き覚えあるな。えっと……いや待て、見くびるな。名前くらい俺だって知ってるぞ。知ってるんだ。知ってるんだってば……。

「きれいだよね、姫路城！　お兄さんは行ったことある？」

「い、いや、テレビでしか見たことねーな」

ごめんなさいわかりませんでした。

しかし子供の手前、まさかなんだっけとは言えず適当に話を合わせる俺である。後でイメちゃんに聞いてみよう……困った時はイメちゃんだ。

「ボクも行ったことないんだ。一回行ってみたかったなあ……」

「……真琴は城が好きなのか？」

「んー、ていうより、ボク歴史が好きなんだ」

「へえ、歴史」

俺も好きだぞ。暗記という最終兵器が効く科目だからな！

「うん、特に戦国時代！」

俺も好きだぞ。わりとテレビとかで聞く名前が多いからな！

「生まれ変わるなら、いろんな歴史がわかるところがいいって思ってるんだ」

真琴は無邪気に笑う。夢があってとてもいいと思います。まぶしい。

きっと生前もこんな感じで家族や友達と話をしていたんだろう。俺よかよっぽど頭もよさそうなのに、こんな歳《とし》で死んでしまうなんてもったいない話だ。ぜひその目標を達成してもらいたくなる。

まあ、勝ちは譲れないけどな？

『さあ、転移が始まるぞ！　両者、準備はいいかあー!?』

司会が叫ぶ。いよいよ始まるな。

俺と真琴は座りなおしながらも、身体を乗り出してバトルの開始を待つ。

『それでは、転移装置稼働！』

そうしてフィールドが白い光に包まれ、景色が変わっていく――。

第12話　予選　4

フィールドの光が晴れると、そこにはまったく違う景色が広がっていた。

直前まで何もなかったスタジアムのフィールド。そこは、天高く姫路城が中央にそびえたつ、巨大な城塞と化していたのである。

「うおおおすげー!?」

ワープもなかなか驚いたが、これもまた随分なことで。ここから見えるのは縮小されたジオラマみたいな感じだが、だからこそその中にいる選手が動くのを見ていると特撮映画か何かでも見ているような気分になるな。こりゃ確かに盛り上がるわ。

一方、客席に据えられた巨大ディスプレイは、このエリアのどこかにいるであろう二人の参加者を近いところから映し出している。

「すげーなこれ！　こりゃ観客も熱狂するよ！」

「あ、お兄さん見に来るの初めて？」

「ああ、湊さんに教えられるまで気づかなかった！　真琴はやっぱマスラさんから？」

「うん。練習ばっかりってつまんないし、一人でずっといるより見てたほうが楽しいもん」

そうだよなあ、やっぱりずっと一人ってのは結構きついよな。俺は修行と風呂でごまかしてたが、我ながらよくそれだけの生活を何日も続けられたもんだと思う。イメちゃんとの会話は楽しくお話、ってものじゃなかったし。もちろんいてくれただけでもだいぶ違うんだけどさ。

真琴の場合マスラさんがいるから、話をするには困らないだろう。あまり会話はしてないけど、マスラさんは紳士っぽかったし、きっと会話もうまくリードしてくれるんじゃないかな。それでも観戦に来てるということは、俺の予想が違うのかそれとも別の理由があるのか……その辺りはあまり踏み込まないほうがいいんだろうな。

『両者が位置につきました！　それではー……バトルスタートォ!!』

そして司会の宣言と共にゴングが鳴り、バトルが始まった。

両者が位置についたとは言ったが、その位置取りは対照的だ。

迷彩服の空さんは城門（なぜか開いている）の前、改造制服の織江ちゃんは城の最上階。空さんが城を攻めているような感じだ。

実際、城門の上からはエリアのフィールド効果と思われる武装した人たちが弓矢を空さんに向けて放っている。たった一人で城攻めって、いくらなんでもあんまりじゃね？

『さて、キャッスルエリア・ジャパンスタイルは今大会初の登場となりますので、恒例のエリア紹介と参ります！』

恒例っておいおい、そんなことしてたのかよ。それを知ってたらもっと早くから観戦しに来たのに……。エリアの持つフィールド効果がどんなものか知ってるだけでも、かなりバトルも楽になるはずだよな……。

今までいくつのエリアが紹介されたんだろうか。できれば内容が想像つかない宇宙エリア辺りは知っておきたいんだけど……。

『当エリアのモデルはご存じ、日本が誇る世界遺産姫路城！　その江戸時代当時の姿を再現しております！』

どうやってだよ。

『そんなこのエリアですが、他とは異なる部分が結構あります！　まず一つ、エリア全体の大きさが他のエリアと比べて狭い！　その範囲は専門用語で言うところの内曲輪《うちぐるわ》のみとなっており、数値の上では全エリア中最小であります！　しかしコピーとはいえそこは天下の名城！　複雑に入り組んだ曲輪の中を、現れる足軽たちを倒しながらまっすぐ進むことは不可能と言えるでしょう！』

「足軽なんだ、あの人たち……」

司会の言葉に、真琴がぼそりとつぶやく。

足軽ってなんだっけ。兵隊とどう違うんだろう。まあそれは今はいいか。

『そしてこのエリアのフィールド効果ですが、皆さんお察しの通り現れる足軽たちがそれに当たります！　ただし、シティエリアの通行人とは決定的に異なる点が一つ！　それはずばり、参加者に足軽の指揮権が与えられていることです！』

「……マジで？　それって使い方次第で」

「う、うん、いろいろ悪いことできそうだよね」

『参加者は、ランダムに攻城側と防衛側に振り分けられます！　今回は空選手が攻城側、織江選手が防衛側となっています！　防衛側になった織江選手には、足軽たちを自らの将兵として指揮する権利が与えられているのです！』

「うーん、シングルスオンリーのこのトーナメントで、軍隊に攻撃されるってしんどいな」

「そうだね……織江お姉さんは天守にいるみたいだし、これでそこまで行くって大変だよ」

真琴の言う通り、城のてっぺんまで行くのは相当難しいだろう。飛べるならまだしも。

そんな中で、空さんはマシンガンを手に逃げ回っている。武器は強力だろうけど、やっぱり人数の差がネックなんだろう。彼はちょっと運が悪かったな……。

『ちなみに、足軽の最大人数は千人です！　それ以上にはなりませんが、攻城側の攻撃で数が減った場合、一定時間経過で順次補充されていきます！』

「しかも補充されるのかよ!?　不利ってレベルじゃねーぞ!?」

「指揮する側に回れたら楽しそうだけどね……いろんな意味で」

「そりゃ確かにそうかもだが」

『ただし防衛側はその反面、城から出ることができません！　城そのものが破壊された場合、運命を共にしなければならないのです！　……おっと？　解説している間に、織江選手状況を理解したようです！　足軽に指示を出しています！　どうやら千人のうち、四分の三を空選手へ差し向ける模様！』

城から出られない程度のペナルティ、この際あってもなくてもさほど違いはないんじゃないかな。

そうつぶやいたら、真琴が何度もうんうんと頷いていた。

しかしこれ、どう攻略したもんか。城をぶっ壊せるってんなら……まあ、俺ならとりあえず放火するかなぁ。相手が城から出られないとなれば、フレアロードはむしろ相性抜群だろう。

でもそれ以前に城に近づけなかったらどうにもならないわけで。空さんはどう攻略するつもりだろう？

『おーっと空選手！　狭間《さま》から放たれた銃撃を膝に被弾！　火縄銃とはいえライフの減りはなかなかだ！』

「えぇ……火縄銃でそんなダメージ出るの？」

「火縄銃って意外と威力あるんだよ。有効射程範囲だったら鉄の鎧も普通に貫くしね」

「そ、そうなのか……詳しいなお前」

「まーね」

えっへんと真琴が胸を張った。知識は大人顔負けだけど、そういう動作はやっぱり子供っぽいな。なかなかかわいいじゃないか。

それはともかく、俺たちにとってのダメージはあくまでバトル上のものであって、別にそれで動けなくなったりすることはない。空さんもそれは気にせず強行突破をかけている。逃げていても埒《らち》があかないと見たか。

まあ、火縄銃に比べれば彼のマシンガンは何世紀も先の武器だし、これくらいはできるだろう。

まだ全部の足軽が彼の前にいるわけでもないし。

『さあ空選手、文明の利器を使って大手門の守りを突破！　いよいよ本格的な攻城戦に突入！　そして城目指して走る！　……おや？　空選手足を止めて……こ、これは……石垣に上り始めたー！』

うん？　どういうことだ？

確かに空さんは、門をくぐって少ししたところで石垣に上っている。彼の外見から言って、とてもそんなことができるようには見えないわけだが、そこはスキルの力だろう。

石垣を登り切った空さんは、その上を伝ってさらに城壁の上へ移動、城そのものへ向かう。

あーなるほど、敵と正面からやりあうのを避けたのか。まるで忍者みたいだ。スキル以外に、ステータスにもポイントを振っているのかもしれない。

湊さんもそうだったが、やっぱりみんなある程度パッシブスキルにもポイントを振っているのかな。装備だけではどうしようもないという俺の推測は、どうやら間違いないみたいだ。

『城壁を走る空選手！　足軽たちの多くは手も足も出ない！　弓兵と鉄砲隊がかろうじて攻撃を行うが、届かない！』

「弓も銃も、曲がらないもんねぇ……」

「それな」

飛び道具は壁があったら当たらないよな。当たるようになるスキルとかはあるかもだが、そういうのはたぶんお高いだろうし……何より、フィールド効果であるあの足軽たちにスキルとかのシステムがあるのかって疑問もあるし。

『目立ったダメージなく城の目前に迫った空選手！　しかしどこから侵入する気だ？　天下の白鷺《しらさぎ》城《じょう》の入り口はそこじゃないぞ！　お？　お……おお、こ、これは！　手りゅう弾だあー！』

「ええ……嘘でしょ、姫路城に爆弾使うとか、そんなのひどすぎるよ……」

「そりゃ爆弾でぶっ飛ばせば穴も開くだろうが……」

なかなかえげつない。しかも同時に三つって、ぶっ壊す気満々だなあの人！

……ん？　三つのアイテムをどうやって同時にボックスから出したんだろう。同時に複数のものを取り出すってできなかったと思うんだけど……。

うーん、これも湊さんがやってたことと同じ感じの裏ワザってことだろうか。俺が知らないシステムの穴は、まだまだありそうだ。

とか思っていると、空さんは三つの手りゅう弾を固めたまま投げて城の壁を破壊した。壁そのものに投げるんじゃなくって、うまい具合に窓になっているところを狙ってだ。

確かに、手りゅう弾で壁が壊れるかとなると絶対とは言えないだろう。その点、窓になっているところならより確実ってことだろうな。空さん、よく考えてるわ。俺、それ思いつかなかったよ。

真琴は悲しそうな顔してたけどな。

『空選手、見事壁を破壊して中へ侵入成功！　一方これに驚いたのは織江選手！　予想外の展開といった感じだー！』

まあ無理もない。あれだけの人数を差し向けたのに、かなりスピーディに城まで到達されたわけだからな。

空さんが侵入した地点にいた足軽たちが、「出合え出合え」とか言ってる。時代劇みたいだ。

集まってくる足軽だが、武器は全員刀だ。時代劇だな。

『空選手、順調に迫りくる足軽を倒す！　マシンガンでの討ち入りを止められるものは皆無だー！

次々とやられた足軽たちが地獄へ送還されていきます！』

「明らかにゲームのジャンルが違う」

「刀でマシンガンに挑んだらそりゃ、ねぇ……」

「このままだと時間の問題だろうが……ここからどう出るんだろうな？」

『な……何ィィーー!?　織江選手、アイテムボックスからタンクローリーだあァァー!!』

「何イィィィーーッ!?」

「えぇーーっ!?」

なんだそれ！　意外ってレベルじゃねーぞ！

俺と真琴は、思わず声を上げて立ち上がる！　周りの観客も似たような反応だ！

『でかい！　これはでかいです！　天守閣からはみ出しそうだ！　しかも床が悲鳴を上げているぞー!?　一体何を考えているんだ織江選手ー!!』

タンクローリーなんてアイテムボックスに入るのかよ!?　っていうか、なんでそんなの売ってるんだ!?　使ってるってことは、ポイントと交換で買えるってことだよな!?　運営は何を考えてこんなものを……。

っていうか、司会の言う通りだ。こんなもん出して一体何を考えてるんだ？

……あっ！

『あーっ!!　タンクローリーの重量に耐えきれず、天守閣の床が抜けてしまったーっ!!　守るべき城を自ら破壊！　本当に何考えてるんだこの少女はァーッ!!』

「ひ、姫路城が……姫路城がー！」

真琴がムンクの叫びみたいな顔してる。こいつの気持ちは完全にはわからないが、それでもなんとなくはわかる。

ただあれ、本物じゃないからなぁ。そこまで気にしなくてもいいんじゃないかとも思うが……なんて言ったら怒られそうだ。黙っとこう。

『織江選手、タンクローリーと共に階下へ落下！　空選手、間一髪のところで落ちてきたタンクローリーを回避ー！　……な、お、こ、これは!?』

めっちゃびっくりしまくってる空さんを尻目に、落下して大破したタンクローリーから大量の水があふれ出した。たぶん水……だと思う。

あのタンクローリーにどれだけ入るかわからんが、出る水の量や勢いを見る限り、満タンに入ってたんじゃないだろうか。

あ、あーあー、足軽の人たちが流されてるぞ。味方じゃないのか、その人たち。

『大量の水が場内にいるすべての人間を襲っています！　だが！　しかし!?　空選手、織江選手共に無事！　水にやられていません！』

なんだってー!?　……本当だ！

どういうことだ？　あんな勢いの水をまともに食らったら、普通は抵抗できずに流されるに決まってる。にもかかわらず二人ともそうなってないってことは……そこに、二人の特殊能力が隠されてるってことか。

『空選手、正面から襲う水を直前で止めています！　これには織江選手もびっくり！　一方の織江選手は、水に飲み込まれているのに無事！　どういうことだァーこれはー!?』

「あれは……それぞれの能力か」

「だよね？　でも二人の『無事』って、同じじゃないよね」

「そうだな、状況が違う。たぶん二人の能力の違いがそのまま出てるんだろうな」

空さんは、なんというか水が彼を避けているような感じだ。だから無事。

一方、織江ちゃんのほうは水に浸《つ》かっているのにその影響を全然受けていない感じなのだ。

二人の状態から真っ先に推測できるのは、それぞれ攻撃を防ぐ能力と水を無効化する能力ってところだろうが……実際のところどうなのかは答えを教えてもらわないとわからんなあ。

でもこれだけでも、いずれ彼らと戦う俺にとってはありがたい情報だ。もっといろいろやってくれると嬉しいが、どうかな？

『おおッ!?　織江選手が動いた！　周りの水が槍《やり》の形をとって、四方八方から一気に空選手を襲う！　あーっ！　空選手、これは防ぎきれずいくつかの直撃を許してしまーう！　ライフゲージがガンガン減っているー！』

「あー、なんとなくわかっちゃったかも」

「俺もだ」

二人で頷き合う。

織江ちゃんの能力は、たぶん「水を操る」能力だ。じゃないとあの攻撃は説明できない。

水を操る……俺のフレアロードとは正反対だな。彼女と戦う時は、俺も何か相応の道具を持ち込んだほうがよさそうだ。ガソリンとか、水じゃ簡単に消されないようなやつを。

『空選手、マシンガンを連射する！　しかしこの銃弾は、織江選手が創り出した水の壁に阻まれて届かない！　そしてその壁、次の瞬間矢になったー!!　これまた一斉に空選手めがけて殺到します!!』

うわあ、攻防一体ってまさにこのことだろ。空さんの攻撃は届かないのに、敵の攻撃は飛んでくるってうまいこと考えてるなぁ。あれはちょっと対処する方法が思いつかない。どうしたものか。

うーむ、なんて唸《うな》りながらそれを見ていたら、織江ちゃんの水の矢はまたしても空さんの手前でピタリと止まってしまった。

「あ、また止まったよ？」

「マジかよ。なんだあれ、どういう能力だ？　すげーやりづらそうだぞ……」

『空選手、今度の攻撃はすべて防ぎ切った！　この隙を逃さず前に飛び出し、アイテムボックスから……おおー！　その前に床から這《は》いあがってきた水が、彼の足首をがっちりつかんで動きを止めてしまった！　ピンチ！　空選手ピンチです！』

動きまで封じられて、空さんはもうなすすべがないと言っていいだろう。特殊能力が俺の予想通りじゃないなら、まだ何かできるかもしれないが。

反対に織江ちゃんの能力は使い勝手がよさそうだから、同じ状況になっても何かできることはあるかもしれない。いろんなことに使えるっていうのは、戦う時の選択肢も多いってことだからな。

攻撃にも防御にも使える能力となると、タイマンではかなり戦いやすいだろうなあ。

『おっと！　空選手、もうどうしようもないと諦めたか！　自身の敗北を認め武器を捨てました！　織江選手に語りかける！』

まあそうなるか。あの状況からなんとか勝ちに持ち込むのは、現実的にほぼ不可能だろう。負けを認めるのは悔しいだろうが、一方的にやられるよりは潔く、ってところか。

……しかし何を言ってるのかわかんねーな。そりゃあ野球とかでも、試合中の選手同士の会話なんて聞こえないけど……どうせなら聞きたいなぁ。

あ、でも湊さんとの戦いの前にトラックで轢かれたりした時の独り言とか、そういうのまで観客席に届くのは嫌だな。

……うん、やっぱなくていいや！

『織江選手、得意満面です！　現世で言うところのドヤ顔ってやつでしょうか！　彼女の前に降参を確認する画面が表示されています！』

……うん？　降参するのに同意が必要なのか？　なんでだろう。

よくわからん……この辺りもあとでイメちゃんに聞いてみるか。

『さあ、織江選手相手の降参を受理……なあ⁉』

「うあっ⁉」

「ああ⁉　卑怯《ひきょう》だよっ！」

卑怯。まさに真琴の言う通りだ。

空さんは降参を受け入れようとしていた織江ちゃんの頭を、どこからか取り出した拳銃で撃ち抜いたのだ！

『不意打ち！　空選手不意打ちです！　降参はひっかけだったー！　二連発のヘッドショットが見事に決まり、織江選手のライフが一気にゼロ寸前まで減ってしまったぞ！　おーっと⁉　空選手そのまま振り返ることなく、城から飛び出したーっ‼　逃げた！　逃げました空選手‼』

「ひでぇ⁉」

「あんなのってないよ！」

いくらなんでもひどすぎね⁉

観客席からもブーイングの大合唱だ！　……まあ、それは当人たちには届いてないだろうが。

『ブーイングが観客席からも巻き起こっております！　しかし彼の行為はルール上問題ありません！　違反行為はありません！』

「ないのかよ⁉」

「ウソでしょ⁉」

本当に何でもアリだな、このトーナメント！

『さあ空選手逃げる、逃げ続ける！　織江選手追いかけたいところだが、防衛側の制限によって城から出られない！　少しずつ復活しつつある足軽たちを差し向けることしかできない！』

ああ……一気に形勢逆転だ。なるほど、こいつは確かにかなりのデメリットだな。普段は気にならないけど、数の有利を生かせない状況になるとめちゃくちゃ重くのしかかってくるやつ。

実際、織江ちゃん本人が追いかけられない以上、頼れるのはもう足軽たちだけ。けど、その足軽たちは既に残り少ない。司会の言う通り少しずつ復活しているようだが、千人まで回復するのはいつになることやら。

逆に空さんのほうは、このまま逃げ続けられればタイムアップで勝利決定だ。なるべく足軽たちを避けながら、ある程度集まってきたところで一網打尽にすればいい。織江ちゃんが受けている、防衛側の制限のことまですべて計算に入れての行動だとしたら、なんて悪魔的な計画だろう。

うーん、汚い。大人は汚い！

第13話　振り分けタイム　1

次の対戦相手は織江ちゃんか……。湊さんよりも小さい女の子と戦うのは彼女以上に気が引けるが、こればっかりは気にしてもしょうがない。

え？　さっきのバトル？

うん、まあみんなお察しの通りだよ。タイムアップで空さんの判定勝ち。

本当、大人って卑怯だよな！

真琴も怒ってたよ。あれくらいの子供にしてみれば、本当にただの卑怯に見えただろうなあ。

ただ、このトーナメントにルールらしいルールってほとんどないんだよなあ。何をしても死人が出るわけでもないし……。

そのうえで、勝つために手段を選ばないってのは必ずしも間違いじゃない、と俺は思う。まして、勝ち上がった特典である転生をどうしてもしたいっていう人は、本当に何が何でも勝ちたいだろうし。

それを考えると、そういう意思がある人と戦う時は最後の最後まで気を抜くわけにはいかないだろう。湊さんみたいに、勝つつもりがない人のほうが少数なんだ。それを再認識できたことが、さっきのバトルを見て一番の収穫かもしれない。

　さてそんな俺だが、今は真琴と別れて次の待ち合わせ場所になる第三ポータルで壁を背に座っている。そう、次は俺の出番なのだ。

　真琴は別れ際に、子供らしい純真な笑顔で、

「がんばってねお兄さん！　応援してるからね！」

　と送り出してくれたので、俺のやる気はかなり高い。ただ見世物になるのは気に入らないが、応援してくれる人がいるってのはありがたいぜ。

　で、今の俺だが、メニューを開いてスキルの振り分けとアイテムの調達に悩んでいる。同時に、さっきのバトルを見ていて気になったところをイメちゃんに確認もしている。正確には、彼女の話が今はメインかな。俺の頭じゃ、スキルの割り振り考えながら人の話を聞いて理解するなんてマルチタスク、無理だから。

「このトーナメントで降参は口頭ではなくシステムを使った形になるんですけどね」

「めんどくさくね？」

「口で降参と言うのはいつでもできるじゃないですか。なのであういう形になってるんですよ。それでも御覧の通り、騙すことはできるので降参が実際に受理される機会はほとんどないですね。だから涼様は飛び降りたんでしょうね。亮様は降参を受け入れなそうでしたし」

「……確かに」

　あの状況で降参するって言われても、俺は受け入れなかっただろう。受け入れるにしても、納得できる理由が説明されないと首を縦には振らなかっただろうな。

だって勝ってる相手が降参する、なんて言ったって。なあ？　普通は相手が何考えてるか疑うってもんだろ。

「ちなみに降参の確認が出るのはその意思を表示しなければいけないので、亮様があれを出すことはないのでしょうね」

「それはたぶんそうだな。降参なんて御免だし、ああいう騙し方も好きじゃないし」

まあだからといって、絶対にやるなとは言わない。ルール上何でもありが認められてるなら、あれだって立派な戦い方だろうし。

ただ、俺がそれが嫌だから自分からやることはないってだけだ。

しっかし、結局空さんの能力ははっきりとはわからなかったな。最後の騙しも含めて、彼はなかなか手ごわそうだから能力を見破っておきたかったんだが。

……まあ、次の相手は彼じゃない。俺が彼と戦う前に湊さんと先に戦うはずだから、彼女がそこら辺をはっきりさせてくれるのを期待しておこう。

「今は織江ちゃん対策だな。あの子はたぶん水を操る能力だから、やっぱりライター以外に燃料も用意しておいたほうがいいよな」

イメちゃんが見守る中、俺はアイテムカタログを眺める。

単純に燃料と言っても、その種類はたくさんある。俺の知らないものもいろいろあって、実に悩むところだ。

とりあえず、ガスの類は扱いにくいだろうからやめておくことにする。うっかり手で持っている時に爆発されても困る。

それから、石炭とか木炭も却下。石炭はわからないけど、少なくとも木炭は着火するまでに時間がかかる。継続性にはわりと優れてると思うんだが……。

あとは、合成燃料ってやつか。料理屋とかで小型のコンロみたいなのに入ってる青いやつとかだ。

とはいえ、王道はやはり液体燃料か。ガソリン（レギュラーとハイオクに分けられても困る）、軽油、灯油、石油とかだな。料理用の油もありかもしれない。

そして実際、そういうのが全部カタログに載ってるんだからまったく品揃《ぞろ》えが豊富だよな、死後の世界ってやつは。

「……一番値段が安いのは料理用の油か」

身体に脂肪が付きにくい、なんていううたい文句が書かれたやつを見ながら、首をひねる。

いろいろ使ってみて、一番使いやすいものを選びたいところだがポイントには限りがある。スキルにも振っておきたいから、ここはやっぱり抑えて食用油かなあ……。

「とりあえずこの業務用っての買ってみるか」

購入と同時に、画面から油の入った一斗缶が出てくる。それを受け取って、早速アイテムボックスへ。

「ライターは買い足さなくってもいいかな……あとは……」

食べ物だな。

回復効果はたぶんものによって違うだろう。ゲームに準拠したシステムを使ってるこのトーナメントなら、そうに違いないはずだ。

ただ、ゲームみたいにいつでもどこでも即座に使えるってわけじゃない。一応現実だからな、これ。

となると、効果よりも戦いながら食べられるような、そういう手軽なやつのほうが使うには向いているんじゃないだろうか。

「そーなると、やっぱゼリー飲料か」

十秒チャージ、これ一本！　ってな。個人的にはマスカット味が王道にして最高だと思ってる。

というわけで、一本買っておこう。

……おお、冷えてる。わかってるな、死後の世界。ではこれもアイテムボックスへ、と。

「じゃ、次はスキルかなー」

画面を切り替える。

ちなみに今のポイント残数だが、湊さんに勝ったことでおよそ二五〇〇〇ポイントが振り込まれていた。油とゼリーで、約四〇〇〇ポイントを使った。

「織江ちゃんは武器使ってなかったけど、あの能力が厄介だよなあ。対抗するにはパッシブを上げておいたほうがいい……かな」

ひとまず、今のところ振ってない身体能力向上系のパッシブの中で、あったほうがいいと思われるやつを取るとするか。

えーと、**【ライフアップ】**と**【反射速度アップ】**を2まで取って計六〇〇〇。**【特殊能力防御アップ】**を1にして五〇〇〇。これで残りは約一〇〇〇〇か。

「あとは……うーん……」

一〇〇〇……一〇〇〇〇か。何に使うのがいいだろう。フレアロードのほうに使ってみたいところだけど、正直こっちのほうはスキルごとの名前がおおまかすぎて、よくわかんねーんだよな。ぶっちゃけ、時間と威力しかわからん。

効果がどういう効果なのかさっぱりだし、強度がどう影響してるのかもわからねえ。連結に至ってはまったく答えが見えてこない。訓練の成果かどれもレベル1にはなってるんだが、この辺りを上げるメリットがわからないので、ポイントを振るのに躊躇《ちゅうちょ》する。

そもそもフレアロードのスキルアップは、膨大なポイントが必要になるし……念のためやめておくか。

「と、なると……そうだな……この辺はどうなんだろう？」

俺が目を付けたのは、今までスルーしていたものだ。

分類は追加パッシブ系、と書かれている。内容は、各**【属性ダメージ軽減】**や**【攻撃効果付与】**といったものだ。これまたゲームではよくあるな。

炎軽減は俺には不要だろうが、水軽減はあってもよさそうだ。最初の取得には一五〇〇ポイントなので、財布にも優しい。

それから打撃の軽減と、刺突の軽減はあってもよさそうだな。あとは……状態異常対策もあっていいかもしれない。少し振っておくかな？

状態異常一つに対してピンポイントで軽減するものは同じく一五〇〇。だが、状態異常を全部減らすやつは五〇〇〇まで跳ね上がっている。これはつまり、広く浅くか狭く深くか、っていう選択肢って考えればいいだろうか。

このトーナメントのシステムで状態異常って具体的にどんなだよとは思うが、カタログを見る限り毒ってジャンルがあったしそういう系だろう。電気でビリッとやられる可能性もあるし、それこそ能力のほうで何かやられるかもしれない。

俺の足りない頭でも、ちょっと考えただけでこれだけいろいろ食らう可能性が浮かぶわけだし、この手の対策も考えといたほうがいいよな。でも全部は手が出ないし……広く浅く行ったほうがいいかもしれない。

……よし、**【全状態異常軽減】**をレベル1にして五〇〇〇、直前のダメージ軽減系と合わせて九五〇〇で、残り約五〇〇。うん、これで行こう。

「これで準備よし、と」

本当にいいかどうかは戦ってみないとわからないけど、今俺が考えうるベストはこれだ。

時計を見れば、最低ラインを経過したもののタイムリミットまで少し時間がある。織江ちゃんはまだ来ていない。

暇つぶしにマップを見てみると……ここに向かってくる赤い点がある。これ、織江ちゃんかな？

あとは……観客席の辺りに真琴の名前。あいつは「応援する」という言葉通り、あそこから動いてないみたいだ。うん、あいつにはいいところを見せてやりたいところだ。

……ん？　観客席の参加者の数が増えてるな。十五人か……この中に空さんがいないことを願うばかりだが、いそうだなぁ。

あ、湊さんが観客席にいる。何してるんだろう？

観客席にいるなら純粋に観戦してるんだろうと思いたいが、彼女の目的が目的なだけに、テロみたいなことするんじゃないだろうなっていう心配がこう、ね。

……さっきの赤い点がここの前で止まってる。織江ちゃん……だよな？　なんで入ってこないんだろう。

俺が首をひねっていたその時、遂に扉が開かれた。そこに現れた、和服っぽい感じの改造制服は見間違えるはずもなく、織江ちゃんだ。

そして彼女は、中にいた俺を見るなりこう言った。

「おお明良殿！　此度《こたび》の遅参、まこと申し訳ございませぬ！」

……なんだこの子⁉

「拙者、織江伊月と申しまする！　此度の手合わせ、貴殿の胸をお借り致しますゆえ、なにとぞよろしくお頼み申す！」

俺は、唖然としたまま硬直するのを止めることができなかった。

第14話　予選　5

「いかがなされたか、明良殿？」

「はっ⁉」

俺が正気に戻ったのは、織江ちゃんにそう言われてからのことだ。

戻ったとはいっても、完全ではない。俺の頭はまだ混乱していて、とりあえず彼女に対して返事をするまでが精一杯だった。

「え、あー、う、うん、よろしく……」

「はっ、お手柔らかにお願い致しまする！」

俺の返事に、織江ちゃんはそう言って小さく会釈した。

……なんだこの子。マジで。

第一印象はこれに尽きる。それくらい度肝を抜かれたのだ。時代劇でしか聞いたことのない言葉遣いは、ぶっちゃけ第一声でこの感想を口にしなかった自分をほめてやりたいレベルだ。

言動を抜きにして考えれば、この織江伊月という女の子は十分すぎるほどの美少女と言えるだけに、実にもったいない。……戦国好きの真琴みたいな人種には、こういう人はアリなんだろうか？

まあともかく。この子の背丈は真琴に勝るとも劣らない……とまではいかないが、かなり小柄と言える。百四十はあるにしても、百五十は絶対にない。百四十五あるかどうか、怪しいレベルだ。

その背丈に合わせて胸はないにも等しいが（なんて口に出したら殺されるか）、顔のつくりはその背丈によく似合う童顔でバランスはいい。その身体だからか、和服のように改造された制服は彼女にとても似合っている。

イメちゃんがモデル体型のアイドルタイプ、湊さんがスレンダーな正統派美人タイプとするなら、彼女はズバリ、ロリっ子タイプとでも言えばいいか。一定の層人がとても喜びそうなタイプだ。

『皆さんっ！　おまたせェェ致しましたァァ！　これより、第十二リーグ予選第三試合をはじめまァァす！』

俺が織江ちゃんの観察を終わらせるタイミングで、司会の声がディスプレイから飛んできた。

いよいよか。とりあえず織江ちゃんのことは置いとくとして、こっちに集中だ。

『赤コーナー！　明良亮選手！』

歓声があがる。

『青コーナー！　織江伊月選手！』

もっと歓声。

……もうなんていうか、慣れたよね。この扱いの差。

『さあぁァァ両者とも！　転移装置にあがってください！』

司会の言葉を受けて、俺たちは装置の上にあがる。そっとため息をついたのは秘密だ。

『ルーレット開始ィ！』

そして司会が手を掲げながら宣言、エリア選定のルーレットが動き出した。

さて次はどんな場所かな、っと……。

『おおおおフジヤマエリアだぁー!!』

司会の声がポータル内に響く。

壁のディスプレイには、雲一つない青空にそびえたつ富士山《ふじさん》の姿が映っていた。

エリアって言うにはでかすぎやしねぇか。樹海からスタートにならないことを祈るばかりだ。

とはいえ、富士山には登ったこともなければふもとまで行ったことすらない。まさか死んでから富士山に行く（本物じゃないけど）ことになるとは思ってなかったから、実のところちょっとテンションがあがっている俺だ。

ちらりと織江ちゃんに顔を向けてみると、かなり嬉しそうな様子。彼女も富士山に登ってみたかったとか、そんなところかもしれない。

かわいいなあ。俺くらいの歳になると、そうやってはしゃいでもかわいくないし、むしろ「いい歳して何してんだよ」なんて言われるのがオチなんだよなあ。

……なんて思っていると、

『さあ、転移が始まるぞ！　両者、準備はいいかあー!?』

司会がハイテンションで呼びかけてきた。

うん。よくないけど、いいよ。やるなら早くやってくれ。

俺がそう考えるのと、目の前が白い光で覆われて何も見えなくなるのはほとんど同時だった。

＊

気がつくと、俺は富士山の頂上にいた。

……うおお頂上⁉　いきなり頂上かよ⁉　登山の風情も何もあったもんじゃねーな！

いや、バトルの会場で風情もクソもあったもんじゃねーけど、だって富士山だし、そこはこう、もうちょっと、なあ？

まあいいや、とりあえず状況を確認だ。

「……と、言いたいけど、これは」

俺の目の前には、純白の雲から顔をのぞかせる太陽の姿があった。その光はただの朝日とは違う雰囲気を放っていて、とても神々しい。観《み》ているだけで心が洗われるというか、ものすごく偉大な存在を目の前にしたような、そんな気分になる。

これが富士のご来光、ってやつか……想像以上の絶景だ。登山をする人の気持ちが、なんとなくわかったような気がする。

うーむ、これは生前に観ておきたかったな。できれば、バトルとかそういう理由じゃなくて、もっと純粋な気持ちで。

うん……そうだな。もし転生できたらその時は、富士山にアタックしてみよう。いつになるかわからねーし、そもそも無理かもしれねーが。それでもこの景色は、もう一度観てみたい景色ナンバーワンだ。

それから俺は、バトルのことも忘れて数分ほどご来光をただ眺め続けていた。試合として見ると実に退屈な数分間だったとは思うが、これを見せられてもすぐ戦う気になれるやつは、日本人じゃないとすら思うね。

「……さて。そろそろ動くか。まずは、っと」

ようやく意識をバトルに戻した俺が最初にしたのは、武器となるライターを二本取り出すこと。それから、マップで織江ちゃんの位置を確認することだ。

ライターをいつでも使えるよう、一本を右手で握りしめながらマップを見ると、織江ちゃんはさほど離れていない場所にいるようだった。

ただ、前にも言ったがこのマップ、高さについては表示されない。だから、彼女が表示通りそこまで遠くないというわけではない。

ましてここは富士山を模したエリア。俺が今頂上にいるということは、俺から離れている織江ちゃんは間違いなく下のほうにいることになる。

となると……さて、俺はどうすべきだ？

その一、ここに残って織江ちゃんを迎え撃つ。

その二、ここから打って出て織江ちゃんを攻撃する。

大別すると選択肢はこの二つか。まあ考えたのはいいけど、待つのは俺の性分じゃない。じっとしているのはどうも苦手なのだ。

というわけで、さっさと突撃するとしよう。もうちょっと、この感動的な景色を眺めていたかったがそうもいかないしな。それは来世の楽しみに取っておこう。

「あっちだな。よし、行くぜ！」

…………。

…………。

えーと、まあ、その。なんだな。

富士山死ぬほど広いのな!!

いや、広いっつーか動きづらいっつーのか！

山だからそもそも足場が斜面だし、舗装されてるわけでもないからさらに条件は悪い。そこらじゅうにごろごろ転がる石は小さいものから大きなものまでいろいろだが、ばらけてる分余計動きづらくて仕方ない。生身だったら、ここに疲労とそれから酸素の薄さがさらに襲ってくるんだろう。四千メートルに達していない富士山でこれなら、世界最高峰のエベレストとか一体どうなっちまうんだろうな。想像がつかなすぎて余計に怖い。

で、肝心の織江ちゃんだが、まだ彼女とは遭遇していない。マップを見る限りだいぶ近くまでは来たと思うんだが、彼女に動きがあんまり見られないから困ったもんだ。

既に三十分は経過してるんだが、いやあどうしたもんかな、これ。このままだと、遭遇してから戦える時間はかなり短いぞ。

「……あと、天気が変わるのが早すぎるのもちょっと気になるな」

少し速度を緩めながら、俺は空を見上げる。そこには、どう見ても不穏としか思えない黒い雲が少しずつ近づいてきているのがよく見えた。

最初は山頂にいた俺が下ってきたから、雲の下に来ただけだと思っていた。だが、どうもそうじゃないことは、青空が既に見えなくなってきていることからほぼ間違いないと見ていいだろう。

山の天気は変わりやすい、ってのはどこかで聞いたことがあるが……こんなにすぐに変わるものなのか。山って怖い。

「……とりあえず何を差し置いても織江ちゃんと遭遇しないと話に、……!?」

ため息交じりにつぶやいて、だがその瞬間に妙な違和感を覚えて俺は足を止めた。

その判断は、正しかった。俺のすぐ目の前を、何かの塊が猛スピードで横切っていったのだ。

「……来たか！」

あんなことができるやつは一人しか……というより、今この場所には俺と織江ちゃんしかいない。俺じゃないなら、彼女の仕業に決まってる。

俺は、何かが飛んできたほうに目を向けると、そちらに向けて斜面を勢いよく滑り降りていく。

「う……っお!?　ち、ちいっ、この状況で飛び道具連射はさすがにきついぜ！」

岩肌を下りる俺の前方から、矢のようなものが断続的に飛んでくる。それをすべて、横にずれたりジャンプしたり、あるいは少し速度を下げるなどしてかわしていく。

普通ならこんな状態でそれができるわけがないが、そこは新しく習得した**【反射速度アップ】**のパッシブの力だろう。動体視力も上げてあるから、俺には飛んでくるものすべてがちゃんと正しく認識できている。

もちろんそれは完璧ではないので、すべてを回避しきれるわけではなくいくつかは食らってしまう。だが、それくらいは必要なダメージと割り切るしかない。食べ物も持ってきているから多少ならそれらでしのげるはずだ。

そして飛んでくる物体だが、彼女の能力が水を操る能力だとわかっていれば、当然それが水による遠隔攻撃だというのはすぐにわかる。水によるダメージを減らすパッシブを取ってる俺にしてみれば、この程度は怖くないさ！

「……見つけた！」

そして数十秒。ようやく、織江ちゃんの姿が見えてきた。

彼女は大きい岩の陰から、水鉄砲をこちらに向けている。

なるほど。水を操れる彼女にとって、水鉄砲は下手な銃より有効な武器になるのか。恐ろしい話だ。だが、俺のフレアロードだって遠距離攻撃はできるんだぜ？

俺はライターで着火すると同時にそれを勢いよく振り抜き、炎を織江ちゃんにぶん投げる！

「フレアロード、モードバレット！」

説明しよう！　フレアロードモードバレットとは、遠距離攻撃用の技である！

ライターで出した火をフレアロードで大きくして塊にまとめ、それを前方にぶん投げるだけのすごくシンプルな技だ！

それでも、武器を持たない俺にとって数少ない遠距離技なので不要ってことはない。威力はさほどではなくても、火そのものだから着弾した後の延焼に期待できるしけん制としては十分だ。

そして、今回撃ったのはそれだけではない。もうちょっと手を加えて、延焼する効果を強くしてある逸品だ。これがどういう意味を持つかというと……。

「っ、きゃあっ!? わ、あっ、服が！」

よし、読み通り！

俺の放った炎は、織江ちゃんが盾にしていた岩にぶつかってその岩ごと燃え始めたのだ。そう、俺は最初から彼女ではなく、この岩を狙って技を放ったのである。

そもそも、あんな大きな岩に隠れる小さな女の子に、ピンポイントで技を当てられるほど俺は細かい作業が得意ではないのだ。だから、端から当たらなくていいと割り切っていた。

どのみち、痛みや温度の変化といった影響は俺たちにはない。けど、身体に支障がなくてもダメージは受ける。火に触れたら、ライフはちゃんと減るのだ。

だからこその岩狙い。壁にしている岩が燃え上がれば、その火でダメージを受けてしまう。よっぽどのバカじゃない限り、隠れ続けることはないはず。

そう、すべては彼女を岩陰から引きずり出すため。俺だってこう見えて、ちゃんと考えてるんだぜ。もちろん、彼女の服にまで燃え移ってくれたのは想定外だけどな！

そして俺は、

「っしゃあ、これでようやく面と向かって戦えるぜ」

なんとか服に燃え移っていた火を消し終えた織江ちゃんの前に着地するのだった。

そして俺たちは、面と向き合って少しばかり沈黙する――。

第15話　予選　6

先に口を開いたのは織江ちゃんだ。

「……もしや、炎を操る能力でござるか。お見事でござる」

そう言って、水鉄砲を構えなおした。慌てる様子はない。これくらいは想定の範囲内ってことか。

「正解だ。そう言う君は、水を操る能力だろ？」

俺の返しに、彼女は一瞬目を見開いた。が、すぐに立ち直り、うっすらと笑みを浮かべる。

イエス、だな。

俺は確信して、さてどうしたものかと考える。

彼女の能力は、攻撃にも防御にも使えるものだ。闇雲に殴りに行っても、どうにもならないだろう。まして、火と水は相性が悪い。

現実的に考えるなら、必ずしも火が水に弱いということはないって聞いたことがある。テレビでも、火に水をぶっかけたら大きくなった、なんてのを見たことあるし。

ただ、日本のゲームをかなり参考にしているこのトーナメントのシステムを考えると、シンプルに火は水に弱いと考えていいだろう。

かと言って、離れるという選択肢は悪手だ。遠くから戦うには、武器がなさすぎる。モードバレットは、それ自体にダメージを与える力はあまりないのだ。

というわけで、極力ダメージを抑えて接近するしかない。さっきみたいに突っ込むことになるが……これだけ近づくと、大半は食らっちまうだろうな。

そうだな……ここは一つ、ハッタリかましてやるか。

俺はそう考えて、メニューを開いた。それを見た織江ちゃんが、させるかと言わんばかりに攻撃を仕掛けてくる。バトル中にメニュー開くなんてのは、アイテムボックスが目的なのは間違いないものな。実際その通りだし。

だが、もちろんメニューを開けば攻撃されるというのは予想通りだ。相手の嫌なことをすることが、究極勝利への近道だからな。それが予想できていたからこそ、俺はメニューを操作しながらも即座に行動に移ることができた。

飛んできた水を後ろに倒れて回避しそのままブリッジ、そしてバク転へと繫《つな》げて体勢を整えていく。それと同時に、アイテムボックスからゼリー飲料を取り出し開封！

織江ちゃんが目を丸くしている。なんでそんなものを、って感じだな。ふふふ、いいぞ。この調子でもっと驚かせてやんよ。

俺は織江ちゃんに向けて駆け出しながら、口に付けた容器の中身を全力で吸う。あっという間に中身のゼリーが俺の口に飛び込んでくる。十秒チャージ！

懐かしさすら感じるマスカット味を舌全体で満喫しながらも、意識は目の前の織江ちゃんに集中だ！

「えーっ!?　なっ、か、回復するなんて聞いてないよ！　……聞いてないでござる！」

あ、一瞬ござるじゃなくなったぞ。それはやっぱりそういうポーズなんだな？

ははは、全身にむずがゆさが走る。俺にも似たような覚えがあるぜ……もう思い出したくない過去ってやつだ。

まあそれはともかく、完全に彼女の虚をつくことに成功した。反応を見る限り、ちゃんと回復にも成功したらしいし、上々だな。このまま一気に叩くぜ！

「おらっ！」

「うひゃ……っ！　むーっ、そんなに近づかれたら……！」

ボディーブローを狙った俺のパンチは、あと少しのところまで行くも当たらない。だが、最初の一発で片が付くとは思っていない。この勢いがあるうちに、追い打ちだ！

右と左、両方を使ってパンチのラッシュをお見舞いする。もちろん織江ちゃんは回避かたがた距離を取って反撃に転じようとするわけだが、そうはさせない。

彼女の動きに合わせて俺も動き、またフェイントも織り交ぜながら彼女の逃げる位置取りを制限する。

「せいやーっ！」

「あ……っ！」

そして俺は、遂に彼女の武器を弾き飛ばすことに成功した。俺のパンチを食らった水鉄砲は、大きく弧を描いて離れたところに転がる。

さらにこの隙をついて、回し蹴りでみぞおちに一発お見舞いだ！

「うきゃっ⁉」

っしゃあ、入った！　織江ちゃんの身体が富士の坂道をごろごろと滑り落ちていく。

……うん？

「思ったよりダメージがねーな」

転がる織江ちゃんを追いかけながら、俺は首を傾げた。確かにみぞおちにクリーンヒットしたと思ったんだが……彼女のゲージは、さほど減っていない。マネキン相手にやっていた時の、半分くらいだ。

考えられるのは、彼女が防御力にかなりのスキルを振っていることか。それなら説明がつく。

……待てよ、防具ってこともあるか。あの改造制服、もしかしてすごくいい装備だったりするのか？

「まあいいや……今は攻め時だ！」

疑問をひとまず頭の隅においやって、俺は追撃する。身体を起こした織江ちゃんに、走る勢いに乗せて勢いよくスライディング！

……かわされましたー。

今度は俺が坂道を転がる番……と思ってもらっちゃ困るぜ！　伊達《だて》に身体能力重点でスキルを振ってるわけじゃない。すぐに体勢を整えて、織江ちゃんに向き直る。

「むっ？」

改めて対面した織江ちゃんは、水筒を手にしていた。今の隙に出したのだろう。それはハンディタイプの水筒で、ふたを開けたらそのまま口をつけて飲むことができる小型のやつだ。

何かしてくるのは間違いないだろう。俺は警戒して身構えた。俺の行動と同時に、織江ちゃんはその蓋を開けながら言う。

「出《い》でよ聖水剣！」

「うおっ⁉」

水筒からあふれ出た水が剣の形になった！　やべーなんだあれ、かっけーぞ！

そうだよな、水で相手を拘束できるんだ。これくらいのことはできるだろうな。本当に使い道たくさんだな、この子の能力！

問題は、あの聖水剣とやらがどれくらいの威力があるかだな……。普通に剣と同じレベルだとしたら、さっきまでとは違って何発も食らうなんてことはできない。

「いざ、参る！」

「おう、来い！」

内心の不安を隠しながら、迫ってくる織江ちゃんに啖呵《たんか》を切る。威勢もケンカの時は重要だぜ。

目の前を、透き通るほどきれいな水でできた剣がかすめる。そのすぐ下に潜り込みながら、カウンターの右ストレート！

しかしそれは、織江ちゃんがくっと重力に任せて下げた腕に当たり防がれる。そして今度は、俺がカウンターを受ける番。下段からの突きが、躊躇なく一直線で向かってきた。これは一旦距離を取るしかないか。

だが直撃はまぬがれたものの、左肩スレスレのところを剣先がかすっていく。死んでいるので血は出ないが、服はきれいに切り裂かれたし、攻撃を食らったという感触はあった。ゲージが減ったのは間違いないだろう。

ま、そううまくはいかねーよな。

「なんの、逃がしませぬぞ！」

そう言いながら、織江ちゃんがさらに攻めてくる。

下がった分だけ距離を詰められ、また彼女の間合いに入る。むむ、やっぱり武器を持った相手と素手で接近戦するのは不利だな。

攻撃そのものは見切れないものじゃない。冷静に落ち着いて対処できれば、かいくぐって攻撃することは可能だ。だがそれは、決して万全な状態で放てるわけではないので、クリーンヒットには届かない。

そしてそれは、向こうも同じなんだよなあ。

結局俺たちは、お互いに決定打を出せないまま、しばらく一進一退の攻防を繰り広げることになる。

が、その時間は唐突に終わりを迎えた。聖水剣が形を崩し、突然その場に落ちたのだ。能力の持続時間が切れたようだ。

「チャンス！」

俺はここぞとばかりに踏み込んで、織江ちゃんの手を狙う。武器さえなければ勝てる！　そう思いながら。

だが、

「甘いでござる！」

その一言と共に、聖水剣が再構成された。中身残ってたのかよ！　やべェ!!

「うおおおフレアロード！」

とっさに俺は、しばらく出番のなかったライターを使って炎の壁を作り出した。もちろん悪あがきでしかないから、それにぶつかった聖水剣は即座に蒸発して消えた。

だけどフレアロードで広げた炎も同時に吹き飛んで消えたので、相殺に留まったか。けど、今はこれで十分だ。

その隙に、驚いている織江ちゃんのすぐ脇を勢いのままかすめて距離を取り、改めて向き直る。

「むむむ、なんと」

「俺もびっくりだ」

向かい合って、俺たちは互いにリアクションを交換する。向こうは驚きを、俺は苦笑を。

どうやら、俺たちの能力をぶつけあうと相殺されて能力の効果が解けるようだ。よかった、能力の上ではそこまで不利でもないらしい。

ただ、これじゃ結局進展なしだ。さっきまでの攻防と一緒で、お互いの長所をつぶし合うだけで先に進まない。

ライフの残りを見る限り、判定の上では一度回復をした分俺のほうが有利ではある。だからこのまま戦って攻撃を防ぎ続けていれば、勝つことはできるだろう。疲労のない身体だから、不可能ではないはずだ。

……けど、それってなんか違くね？　どうせならKOしたいよな。織江ちゃんとしても判定勝ちにはいい記憶がないだろうし、なんとか正攻法で倒すことはできないもんか……。

「かくなるうえは奥の手を使わせてもらうでござる！」

前言撤回、攻撃を防ぎ続けられるかどうかまったく自信なくなった！　余裕こいてる暇なんてねーな！

「出たッ‼」

俺は思わず叫んで、かすかな揺れに応じて数歩後ろに下がった。

織江ちゃんが取り出したものはそう、タンクローリーだった。中身は、考えるまでもない。あれ一杯に、水が入っているに違いない。

「前回大破したじゃん！　また買ったのか⁉」

俺は逃げ腰になりながら叫ぶ。あの量の水が一斉に襲い掛かってきたら逃げ道なんてないぞ、冗談じゃない！

「なんで、……なにゆえ、前回のことをっ？」

「ん？」

だが、織江ちゃんの返答はちょっとズレていた。その表情は固く、また、どこか悔しそうでもある。

……ああ、なるほど。そういうことか。

「なんでって、空さんとのバトル見てたからな。知らなかったか？　他人のバトルは、観客席で見れるんだぜ」

どうやら、織江ちゃんも少し前の俺と同じで観戦できることを知らないらしい。ここに付け入れないかと心の中で考えつつ、俺は他人からもらった情報をドヤ顔で披露する。

その瞬間、彼女は大きく目を見開き、一瞬泣きそうな顔になり、それから今度は赤くなったかと思うと、ぶんぶん首を大きく振って、最後に吼《ほ》えた。

「ちくしょーーーっ!!」

悲鳴にも似た雄叫《おたけ》び。ああ……あの感じは空さんとのバトルを相当引きずってるな。

無理もない。倍以上は歳の離れた相手に、容赦なく不意打ちを食らったうえ、相手は逃げて判定勝ちをかっさらったのだ。織江ちゃんくらいの年齢でこのやられ方は、相当こたえただろう。

俺はどうやら、触れてはいけない心の地雷を踏み抜いてしまったらしい。

その織江ちゃんはというと、複雑な感情が入り混じって爆発したせいで、ござる言葉が完全に吹っ飛んでる。我を忘れているというのは、ああいうことを言うんだろう。

なんて俺が場違いなことを考えていると、

「へあっ！」

そんな間の抜けた怒声と共に、タンクローリーのタンクに穴を開けられた。聖水剣だ。

……あっ。

あっ、ちょっ、まっ、やめ……み、水が！　水が一気に噴き出して……！

「ミズチぃぃぃ!!」

「うおおおあーっ!?」

タンクローリーから一気にあふれ出た大量の水は、織江ちゃんの叫びに応じて一つの巨大な蛇のような姿になる。

そして軽く数メートルには達するだろう水の蛇が、ぐあっと大口を開けてまっすぐ俺に突っ込んできた！

こんな……こんなもんッ、どうしろってんだああ!!

「フレアロード全開ぃぃぃ!!」

俺は左手をポケットにつっこみ予備のライターを握ると、両手で火を起こして一気に巨大化！

その二つの火をくっつけてさらに大きくして、なんとか水の蛇をふせぐため壁にした！

これで防げなかったら俺、そのまま水に飲まれてふもとまで一直線だよ！

なんとかなれと心の中で叫びながら、もしダメだった時のことが脳裏に浮かんで無意識のうちにきつく目を閉じた。

そんな俺の周囲を、猛烈な風が吹き抜けていったのはその直後のことだった。

第16話　予選　7

少し時間が経ったが、どうも水が襲ってくる気配はない。無事にこの局面を乗り切れたのだろうか。

しかしなんか足元ががっちりつかまれてる感じがあるな……。

……いやこれ、もしかして埋まってる？

「なにぃ⁉」

目を開けた俺は、思わず叫んだ。なぜなら俺の目の前には、一面の雪景色が広がっていたのだから。

何を言っているのかわからねーと思うが、マジなんだからしゃーなしだろ？　いや、本当に周り全部雪になってるんだって！　天気はいいんだけどな！

死んでるからかな、特に寒いとは感じないのは喜んでいいんだか悪いんだか。死んでるってことに救われまくりだな、毎度ながら。

「うわーっ、何これどうなってるのー⁉」

ちょっと先では、素に戻った織江ちゃんが混乱していた。

ああ……あの水の蛇が凍りかかってる。軽くメートル越えしてるあれが凍りかかるとか、気温何度だよおい。そりゃパニクるのも当然だ。

どうやら、急激な温度変化に助けられたらしい。これもまた、喜んでいいんだか悪いんだか、って感じだな……。

一方俺のフレアロードはというと、ライターのガス欠で消滅している。最大火力で壁作ったからな……無理もない。もっと俺のレベルが高ければもう少し維持できたかもしれないが、今は数秒が限界ってところか。

とりあえず今のうちに新しいライターを出しておこう。残り五本……まだまだ余裕はあるな。

「あっ」

その声に顔を上げると、あの水の蛇が完全に凍り付いてしまっていた。単純に気温がとんでもなく低いのか、それとも能力の持続時間が切れたのかはわからんが……。

ともあれ、今はチャンスだ。

なんだおい、今日の俺はやけに冷静だな。いいことだ。よし、一気にカタをつけ、

……ようとして、雪に足を取られて俺は前に倒れた。

「うべっ!?」

いつの間に……いつの間に膝まで雪が積もったんだ、おい。どうなってるんだこれは？　異常気象なんてレベルじゃねーぞ！

……はっ、もしかしてこれがフジヤマエリアのフィールド効果か？　だとしたら、めちゃくちゃ凶悪じゃねーか！

そう毒づきながらも俺は立ち上がる。しかしまあなんだ……こんな大量の雪なんて、死ぬまで見たことはなかったし、体験したこともない。ウィンタースポーツだってやったことないんだぞ、俺。どうすればいいんだ！

とりあえず……溶かすか？　足場を確保するためにも。このままじゃまったく動けない。

「……よし」

フレアロードを両手で展開。それから規模を広げて温度を上げ、時間が続く限り消えないよう維持する。

……おお、溶ける溶ける。新雪なのかな、あっという間だ。やってみるもんだ。

「これでとりあえず、周りはなんとかなったか」

自分の周辺数十センチ程度の部分だけ、地肌が見えるくらいまでに溶かすことができた。これで地に足をつけて立っていられる。

代償としてガスが残り半分以下にまで激減したが、これは必要経費として割り切ろう。

「うきゃっ！」

声に顔を上げれば、向こうで織江ちゃんも転倒していた。彼女は背が低い分、俺より雪には手間取るだろうな。で、実際ああだと。

彼女も雪には縁がなかったのだろうか。いや、仮にあったとしても、準備なしでは無理かな……。

なんて考えていると、顔を上げた織江ちゃんと目が合った。それから彼女は、焦るような表情で必死でもがき俺から距離を取ろうとする。

うん、バトル中だったな。向こうは満足に動けない、俺は動ける。これはつまり、あれか。遠慮するなってことか。

うーん……あんまり身動きの取れない相手を叩きのめすってのはしたくないけど、さっき判定勝ちはちょっと、なんて考えてたら危うく逆転を許しそうになったことだし、ここは心を鬼にして……。

「モードバレット！」

俺は、火の弾を織江ちゃんに向けて投げた。都度ライターに着火する必要があるから、速射性はあまりない。それでも、相手がろくに動けないならそこは気にしなくていいだろう。

「わーっ！　きゃーっ！」

一方、すっかりパニックな織江ちゃんは、その場に伏せて雪の中に潜り込んだ。たぶん狙ってやったわけではないんだろうけど、元々小さい彼女の身体は、そうすることで俺の視界外に入ってしまった。

参ったな、あれじゃ当てられないぞ。

となると……あとは上に撃って、落ちる火が当たることを祈るしかないか。

「これも、追いつめた小動物虐《いじ》めてるみたいで気分よくはねーなあ……」

少しだけ動きを止めた俺は、ぼそりとつぶやいた。しかし、攻撃をやめるつもりはない。

上に飛ばした炎が描く軌道を予測しながら、モードバレットを撃つ。いくつもの火が、雪に隠れた織江ちゃんを襲っていく。

悲鳴は聞こえるけど……手ごたえがないから本当に当たっているかはわかんねーがな。

「おっと、またガス欠か」

この調子で攻撃続行だ、と思っていたところでまたしてもライターがガス欠を迎えた。それまで使っていた二本を捨て、改めてメニューからライター二本を取り出す。残りは三本、行ける行ける。

なんて思っていると、突然前方から薄い刃物のようなものが飛んできて俺の身体をかすめていった。

「……っ⁉」

なんだ？　攻撃、だよな？

なんて考えている間にも、それは次々に襲い掛かってくる。攻撃なのは間違いない。いつの間にか、悲鳴も止《や》んでいる。

俺はなるべく当たらないよう身をかがめ、それがなんなのかを探る。このままでは流れ弾に当たってダメージを受けるかもしれないので、モードバレットでけん制しながらだ。しばらく、静かな応酬が続く。

「……水のカッターか！」

しばらくして、俺はその正体に行き当たった。

最初の水鉄砲による攻撃よりも、もっと少ない水で造られたであろうそれは、かなり小さい。その分威力はないだろうが、ダメージになることは間違いないだろう。

しっかし、あの状況から撃ってくるか……。また何か道具を出したか？　……おっと。

小さく横に跳んで顔面への被弾を避けた俺は、獲物を見失って地面に落ちた水のカッターを見てふと答えが思い浮かんだような気がした。

水を吸い、色を変えたむき出しの地面。さっきまでここには雪があったが、今はない。なぜかというと……。

「……まさかあの水、俺の攻撃で溶けた雪を使ってるのか」

そう思ったら、そうとしか思えなかった。

俺のフレアロードは、あくまで火を操るだけで火そのものを作り出すことはできない。そしてこの性質は、恐らく織江ちゃんの能力にも当てはまる。

水鉄砲や水筒、あるいはタンクローリーといった、水を保管できるものを道具として持っているのは、それが理由なんじゃないかと思う。俺で言う、ライターと同じように。

もちろん、何か新しい道具を取り出してそれを使っている可能性もある。ただ、もし何らかの道具を使っているなら、こんなちまちました攻撃ではなく、もっと効率的なやり方ができるはずだ。

……ということは、だ。このまま闇雲にモードバレットを続けても、あまり意味はないんじゃなかろうか。織江ちゃんに当たればいいが、そもそも確率は高くない。外したとなれば、彼女に武器を与えることになる。

しかし他に手段はなく……。むうう、どうすればいいんだ。この状況じゃ、せっかく買った油も生かせないし。いっそ火炎放射器でも買っておけばよかったか。

打開策も見つからないまま、しばらく火と水の応酬が続く。

「……ん？」

終わらない攻防にいい加減我慢ができなくなり、突撃しようかと思って腰を浮かせた時だ。俺は、上のほうで白い煙のようなものがあがっているのを見て首を傾げた。

煙なんて、こんなところであがるはずがないんだが。

そう思っていると、今度は奇妙な音が聞こえてきた。文字にすると、ゴゴゴとかドドドって感じの音だ。それが上のほうから聞こえてくる。

目を凝らし、そちらを観察する。相変わらず水のカッターが飛んでくるが、それよりこの音が嫌な予感しかしなくて、反撃する気は失《う》せていた。

そして、俺は見てしまう。

「……げッ!?」

俺めがけてまっすぐ突っ込んでくる、雪崩を。

「ウソだろおい!?」

慌てて立ち上がるが、もう遅い！

自然の猛威は一切の行動を許すことなく、あっという間もなく俺の身体は白い塊に飲み込まれた。悲鳴すら上げる暇なかったぜ――！

*

「ぶっはあ！」

大量の水の中から浮かび上がって、俺は大きく一息ついた。と同時に、地面に吸い込まれてなくなっていく水に従って雪の上に乗る。

「……マジ死ぬかと思った……」

死んでるんだけどね、俺ら。

とはいえ、雪崩に巻き込まれたんだからその辺りの心情は察してくれ。目の前に迫る雪の塊は、あまりにも恐《こわ》すぎた。

ちらっと頭上を見る。ライフゲージは、半分くらいまで減っている。直前まではさほどではなかったことを考えると、やはり雪崩の威力は相当なものなんだろう。

トラックに轢かれた時より見た目の上ではダメージがないが、あの時に比べて**【ライフアップ】**をレベル2まで得ているので、今回のほうが大ダメージと見ていいと思う。

「あの中でライターを落とさなかった自分をほめてやりてーな」

雪の上によじ登りながら、その手に握っているライターをちらりと見て俺は苦笑する。

雪崩に巻き込まれ、雪の下に埋もれた俺がこうやって出てこられたのは、間違いなくこれのおかげだ。

完全に埋まっていたので、メニューを開いたり道具を取り出す余裕すらなかっただろう。そんな中で活躍してくれたのが、このライターである。

ライターさえあれば、フレアロードを使える。炎を起こして周りの雪を溶かし、無事にここまで出てこられたというわけだ。

「さて……」

雪の上に来て、それから周りを見渡して、俺はうなる。

「どこだここ」

景色に見覚えがない。まあ雪崩に巻き込まれたわけだから、さっきまでいた場所ではないと思うが……。

四方八方が雪しかない。具体的な場所を確認しようにも、目印もクソもあったもんじゃねーな。

まあいい、そこはそれほど問題じゃない。

「……織江ちゃんはどこだ？」

対戦相手がいない。彼女の服装は白くなかったから、こんな雪景色の中にいたら目立つと思うんだが……。

考えてもしゃーなしだな。とりあえずマップを開いてみるか。

……うん、どうやらだいぶ下まで流されたみたいだ。具体的にどれくらい、ってなるとわかんねーけど。

「……あれ？　結構近くにいることになってんな」

マップの上では、俺からさほど離れていない位置に赤い点と織江ちゃんの名前がある。数十メートル程度か？

でも、目で見る範囲に彼女の姿はない。

……おいおいおい、待てよ。それってつまり、

「完全に埋まってるってことか⁉」

俺はマップをそのままに、織江ちゃんがいるであろう方向へ走る。雪に足を取られて動きづらい。走るっていうか、歩くよりもかなり遅い。

疲れはないし、寒さもないが精神的にしんどいのは間違いない。それでも、とにかく前に進む。

「この辺りか……おーい、織江ちゃん⁉　聞こえるか、織江ちゃん！」

マップが示す位置になんとかたどり着いた俺は、下に向かって大声を上げた。

……まあ、返事なんてあるわけねーか。

でも、この下にいることは間違いないはず。だったら、やることは一つだ！

「フレアロード！」

俺は叫び、ライターから大きな火を創り出す。そしてその火を下に集中、雪を一気に溶かす！

織江ちゃんの能力は水を操るものだから、最悪大量の水に巻き込まれても問題ないはず。前回、空さんとのバトルでも水をものともしていなかったわけだしな。

……っと、ガス欠か。そういや、自分が雪から出るのにかなり使ったからな。

アイテムボックスを開いて、ライターを二本取り出す。あと一本……いや、大丈夫だ。いけるいける！

「フレアロード！」

改めて、雪を溶かす！　待ってろ織江ちゃん、今助けるからな！

もくもくと雪を溶かす作業をしばらく続ける。続けながら、ふと湊さんの言葉が脳裏をよぎった。

『あんたバカじゃないの？』

まだ生きてるつもりでいるならそれこそバカだ、とも言ってたっけな。

バトルのことを、転生のことを考えるなら、俺はこのまま雪の上でぼーっとしてればいいんだから。そうすりゃ、自動的に俺の判定勝ちは決まるだろう。

んなことはわかってる。湊さんじゃねーが、それこそ俺らはもう死んでるんだから。これ以上死にはしないんだから。

でも違う。そうじゃねー、そうじゃねーんだよ。

俺はただ、このリバーストーナメントっていうバトルゲームを、勝ち抜きたいだけなんだ。どんな手を使ってでも転生したいなんて、これっぽっちも思っていない。

正々堂々と相手と戦って、勝つか負けるかしたい。それだけだ。

だから俺は、バカでいい。元々この頭は、大した代物でもなんでもないんだ。こうしたい、って思ったことをやる以外のことは、からっきしなんだよ。

「……見えた！　織江ちゃん、大丈夫か⁉」

雪を溶かし続けて数分、遂に雪の下から織江ちゃんの身体が現れた。

利き手からライターを放し、彼女の身体を引っ張る。パッシブスキルで強化された俺の身体は、もろくなった雪の中からいともたやすく彼女を引きずり出すことに成功した。

現れた織江ちゃんは、全身ずぶ濡《ぬ》れだ。俺も似たようなもんだが、野郎の濡れ姿なんてどうでもいいだろう。

「大丈夫か？」

彼女のライフゲージが相当少なくなっていることに内心首をかしげながら、俺は尋ねる。

織江ちゃんは、そんな俺にものすごい勢いで飛びついてきた。

「うわあぁぁあーっ、怖かった、怖かったよおお‼」

「うわ、ちょっ……、ま、まあそりゃそうだわな」

驚きはしたが、無理もない。なんたって雪崩だ。現世ではこれで何人が死んでいることか。

織江ちゃんは、完全に素の状態で泣いている。これを無理に抑えるのはやめといたほうがいいんだろうな。

俺はそう考えて、しばらく彼女のしたいようにさせることにした。

……が、しかし。そうしているだけの暇など、俺たちには与えられなかった。

突然、地面が激しく揺れ始めたのだ。軽く震度五くらいは行ってそうな、なかなかに激しい揺れ。明らかに、尋常ではない。

そしてそれは、俺が知っている地震よりもはるかに長い時間続く。一向に収まる気配がないどころか、どうも徐々に大きくなっているような気がする。

なんなんだよこのフジヤマエリアってのは！　次から次へと、あれこれ起こりすぎだろ！　たぶんフィールド効果の一部なんだろうけど、雪崩に地震なんて、九十分の間に連続して起こるようなもんじゃないだろ！　もうちょっと落ち着いてバトルしたいわ！

もちろん、心の中で毒づいたところで状況は変わらない。続く地震で、山のあちこちで小規模な雪崩が起き始めていて、どうすればいいのか考えつきもしない。これでどうしろっていうんだ！

年下の手前、なんとか見栄《みえ》を張ってビビってないように見せていた俺だが、さすがにここまで来ると取り繕う余裕もない。今の俺にできることって言えば、織江ちゃんがこれ以上パニクらないよう抱きしめるくらいか。自分に言い聞かせる意味合いもかなり強いけどな。

そして、俺たちの不安がピークに達した頃だ。

文字にすれば爆発と同じだが、爆発なんて目じゃないほどのすさまじい音。そんな、生まれて死ぬまで一度も聞いたことのない轟音《ごうおん》と、地面が砕けるんじゃないかってくらいの激しい揺れを伴って、遂にそれが起きたのだ。

俺たちがこれっぽっちも考えていなかったその現象とは、

「……きゃああああーっ⁉」

「んなバカなーっ‼」

——噴火だ！

第17話　予選　8

死ぬ。

そんな、シンプルで短い感想が俺の頭の中で何回も繰り返される。

死なないことはわかってる。だって死んでるんだから。

それでも、この感覚はきっと、このリバーストーナメントが終わる時まで続くんだろうなと、本能的に思う。俺は結局、どこまで行ってもまだ生きていた時の感覚を引きずっているんだろう。

いや、それはいい。そんなことは後回しだ。

今一番重要なのは、俺たちにまっすぐ向かってくる溶岩だ。真っ赤に燃え盛るそれは、山肌に積もっていた雪を速攻で溶かしながら俺たちのほうへ向かってくる。

と同時に、そんな間にも山の噴火は続く。赤々とした、炎とはまた違った光を放つ溶岩が、轟音と共に空に舞い上がる。

「どっ、どど、どうしよう!!」

織江ちゃんが聞いてくる。

そんなこと言われても、俺だってわかんねーよ!

……というセリフが喉元まで出かかるが、かろうじて押しとどめて肩をすくめる。年下相手に、そんな八つ当たりじみたことを言ったってカッコ悪いし、何よりなんの解決にもならない。

「とりあえず逃げるしかねーだろ！」

溶岩よりも早く走る自信なんてまったくなかったが、それでもこのままここにいたら溶岩に飲み込まれておしまいだ。あんなもん、飲み込まれたら即死間違いなしだし、バトル的にも即刻ライフがゼロになるのは間違いないだろう。

というわけで、俺は織江ちゃんの手を引いて全力で山を駆け下りることにする。

「わっ、わ、ちょっ、待ってよぉっ！」

「おっと……、スマン急すぎた。合わせるから、安心しろよ。それから、雪がまだ残ってるから気をつけてな」

「え、あ、うん……」

「よし行くぞ！」

今度こそ、返事を待たずに俺は走り出す。そして織江ちゃんも、今度はしっかりと俺のスピードに合わせて並んだ。

前方に立ちふさがる大量の雪をモードバレットで気休め程度に溶かしながらなので、実のところそれは大した速度ではない。はっきり言って、溶岩に飲み込まれるまでの時間がほんの数秒伸びる程度でしかないだろう。

それでも……後ろから轟音が迫ってくる。この音を聞くだけで、ここから離れなきゃと思ってしまうのだ。

「……うおっ⁉　あっぶね！」

走る俺のすぐ脇を、小さな溶岩が砲弾みたいに通り過ぎていった。それが着弾した場所の雪が、じゅううと嫌な音を立てて溶けていく。

直撃してたら、と思うとぞっとするな……。

「くっそ……！」

そしてその瞬間に、ちらりとだが俺は横目で見てしまった。すぐ近くまで迫ってきている溶岩を。

どうする？　どうすればいい？

「あ、あのっ、能力でなんとかならないですっ⁉」

「無理だな！　俺のフレアロードは、火にしか使えない！」

溶岩が巻き込んだものが燃えた火なら、もちろん使えるだろう。なんなら、その場で消すこともできると思う。でも、それだけなんだ。

一番の大本である、溶岩そのものには何も効果を発揮できないんだから、どうしようもない。

「火、にしか……」

ぽつり、と織江ちゃんがつぶやく。

「……！　あの大岩を盾にすれば少しは時間稼げるかも……！」

「あ、うんっ！」

さすがに、溶岩で岩が溶けたりすることはないだろう。……たぶん。

陰に回り込んでそこでやりすごすのは無理だろうが、あれを起点にして下っていくなら少しは……。

と、いうわけで前方に現れたでかい岩を背中にして、引き続き逃げる。

さて効果のほどは……。

「意味なし!!」

あんまり関係なかった!!

どっぱあって！　大岩が一瞬で飲み込まれちまった！

おまけに、その岩の上を勢いよく通過したおかげで、溶岩が俺たちを上から襲う形で一気に迫ってきて……。

…………。

……あれ、来ないな？

ていうか……俺たちを明らかに避けてる？　ん？　なんで？

「……やった、うまく行った、でござる！」

久々に聞くござる口調が、隣から聞こえてきた。

「……織江ちゃん？」

「思った通り、溶岩を動かせたでござるよ！」

目を白黒させる俺が見たのは、ドヤ顔の織江ちゃんだった。

……なるほど？　うまくいったから心に余裕ができて、ござる言えるようになったと。

ん？　いや待て、溶岩を動かす？

「どういうことだ？」

わけがわからん。

そんな俺に、織江ちゃんは足を止めた。

「百聞は一見にしかず、でござるよ明良殿！」

そう言って彼女は溶岩に真正面で向かい合うと、そちらに両手を向ける。

それにつられる形で、俺は迫りくる溶岩を注視する。……まぶしい。

「えいやーっ！」

織江ちゃんが叫ぶ。

すると、次の瞬間……！

「うおおあっ⁉」

なんと、溶岩が俺たちを避ける形で左右に分かれた！

「どういうことだ⁉」

「ふっふっふ……明良殿、拙者の能力は水を操るものではないのでござるよ」

「な、なんだって⁉」

そんなバカな。だって、さっきのバトルでも織江ちゃんは確かに水を……。

「水には限らぬのでござる。そう、拙者の能力は……」

溶岩に向かい合ったまま、織江ちゃんが能力を行使し続ける。

大量にやってくる溶岩が、すべて俺たちを避けて通り過ぎていく。既に周りの雪はほとんど残っておらず、今この場の温度がかなり高いことがわかるが、それは俺たちにとってさほど問題ではない。

そして、彼女は言う。

『液体を操る』能力でござる‼」

「な……なるほど……！」

液体！　なるほど納得だ、それなら納得できるぜ！

うん、水は確かに液体だ。さっきまでのバトルで、水しか使っていなかったのは危険性が少ないとか、わりとどこにでもあるとか、そういう理由だろう。これが酸とかだったら、攻撃力は抜群だろうが自分も危ないし。あとは値段の兼ね合いもあるかな。

そして、溶岩も液体だ。元々は岩だが、岩だって高温になれば溶ける。理科で習ったな！

「あまり広くは使えないでござるが……」

「いや、十分だよ！　二人分のスペース確保できてるから十分だ！」

空から見たら、俺たちがいる場所だけが溶岩に飲み込まれていないことがよくわかるだろう。その視点には行けないので実際のところはよくわからんが、たぶんきれいに円形になっていることだろうな。

確かにその範囲はさほど広くはなくて、せいぜい溶岩の超高温で焼かれない程度の範囲しか確保できていないわけだが、それだけあれば十分だ。

頭上を確認すれば、ライフは少しずつだが減っている。たぶん、周りの急激な温度上昇が原因だろう。

それでもそのスピードはかなり遅く、当然だが溶岩に飲み込まれた時とは比べものにならないと思う。

「……しっかし、これいつになったら終わるんだろうな？」

「さあ……皆目見当がつきませぬ」

おかげで、会話する余裕もできてきた。

織江ちゃんは能力を使いっぱなし、俺は何もしていないという差は結構申し訳ないんだが、実際俺には何もできないので仕方ない。

「……織江ちゃんは、その……、あー……よかったのか？」

ござる口調について聞こうかと思ったんだが、なんか今はまだやめといたほうがいいような気がした。

なので、とっさに別の話題に切り替える。

「？　と、おっしゃいますと？」

「いや、結果的に対戦相手を助けてるじゃん？」

「……それを明良殿がおっしゃるので？」

「そりゃそーだ」

はは、と思わず苦笑が漏れた。

うん、まあ、そーだな。俺、対戦相手二人中、二人ともバトル中に助けてるわ。

「よいのです。どのみち、拙者では明良殿には勝てなんだでしょう」

「そうか……？」

「道具に多くポイントを振っていた拙者は、道具を喪《うしな》えばそれまででしたゆえ」

「……確かに、俺はパッシブにばっかポイント使ってるな」

「でしょう。その差は、面と向かって戦ってよくわかり申した」

ふむ。やはり、身体能力を上げたほうが優位に立てるんだろうか。俺のポイント振り分けは間違っていなかった、ということか。

「それに……」

そこで、織江ちゃんは少し言葉を切る。

「その……貸し借りはなしにしとうございます」

「ははは、なるほど。そりゃわかりやすいわ」

そういうことは早めに解決しておきたいタイプ、ってことかな。うん、そういうのいいと思うぜ。

貸したり借りたりっていうのは、後々何かと面倒になったりするもんだ。それは金に限った話じゃないと、俺は思ってる。だから、彼女の言葉には好感が持てた。

『残り一分』

「おっと……」

突然のアナウンスに、俺たちは思わず空を見た。

織江ちゃんと空さんのバトルで、タイムアップが迫ると参加者にもそれが伝わるってことはわかっていたが、実際にバトルエリアではこうやって聞こえるんだな。

「残り一分か……」

「無事に粘れそうですな」

「ああ。織江ちゃんのおかげだよ」

「い、いえ……わた、拙者はただ、借りを返しただけで」

一瞬素が出かかった彼女に、俺は小さく笑う。

ちょっと赤くなってるところからしても、演技なのはもう完全にバレバレだ。

それでもまあ、別にいいや。彼女の場合は、そうやって素と演技が混ざる感じがかわいい。背伸びして無理してる感じが、また余計に。

……いや待て。勘違いするな、俺にその手の趣味はないからな。小さい子にそんなことはしない。そういうのは、他のやつを当たってくれよな。

『十秒前……八……七……』

カウントダウンが始まった。

『五……四……三……』

このバトルもおしまいか。

「明良殿、その……」

「ん？　どうした？」

不意に、織江ちゃんが声をかけてきた。それに返事をするが……。

『タイムアップ』

そのアナウンスと共に、頭上に「YOU WIN」と表示されて俺たちの身体は一切動かなくなる。

一瞬ののちそれが解ければ、今度は白い光が俺たちを包み込む。ワープだ。

そして俺たちは、この波乱万丈あったフジヤマエリアを後にする……。

*

『タイムアップで勝利をつかんだのは、明良選手だあぁぁーっ!!』

気がつくと俺たちはポータルにいて、ディスプレイから聞こえてくる司会の声で我に返る。

『これで明良選手は二勝！　本選出場に王手かー!?　一方、織江選手は二敗！　残念ながらここで敗退が決まってしまったー！』

歓声が響いてくる。この何割が俺への称賛で、何割が織江ちゃんへの同情なんだろうな。

『さて、次のバトルはいつも通り一時間半後です！　繰り上げ開始の場合、最短で今から一時間後！　それ以前の開始はありませんので、ご観覧の皆さまにおかれましては、一時間を目安に行動していただければと思います！　それでは皆さま、早ければ一時間後にまたお会いしましょう！』

続いて、聞き覚えのあるアナウンス。ここはいつも通りって感じか。

次の試合は湊さんと空さんだよな……。空さんの動きも気にはなるが、湊さんはどうするつもりだろうか。

　勝ち負け以前に、このトーナメントが嫌だっていう彼女だから、来ない可能性も否定できない。でも彼女、俺とのバトルには来たしな……。どういうつもりで行動してるのかがいまいちよくわからん。

　まあいいか。来たら来たで、空さんの能力を観察させてもらおう。来なかったら、その時は……んー、まあ、どうしようもねーか。

　ひとまず、真琴んトコに戻ろう。あいつは見ていたはずだから、いろいろ話ができるはず。

……と、その前に。

「織江ちゃん、お疲れ」

「あ、はい。お疲れ様でした」

　ワープ装置から降りていた織江ちゃんに声をかけると、彼女はぺこりと頭を下げてきた。

「その、最後はありがとな」

「いえ、構いませぬ。いずれにしても、此度の戦はどう考えても明良殿が勝っておいででした。負けに不思議の負けなし、でござるよ」

「……そっか」

　細かいところちょっとわかんねーけど、負けても文句ない内容だった、ってことかな。

　ちょっとほっとした反面、この言い方ってことは空さんとのバトルは納得してないってことなんだろうなあ。

うん、それについては一切触れないことにしよう。触らぬ神に、とかって聞いたことがあるからな。

というわけで、話題を変えよう。元々、俺が聞きたかったことはそれじゃないからな。

「ところで……さっきなんだけど、最後なんて言おうとしてたんだ？」

「えッ、……あ、いや、その」

「？」

あれ、なんでそんなつまるの？

俺、そんなおかしな質問した覚えないし……っていうか、疑問持ったのは主に織江ちゃんが言いかけてたからなんだけどなあ。

しばらく、織江ちゃんはそこで一人芝居みたく手をわたわたさせていた。若干顔が赤いのは、恥ずかしいからというのはわかるものの、なんでか、まではわからない。

「え、えーっと、そう！　えと、次の戦、お気をつけて、と！」

次の……ああうん、俺の次は空さんだからな。

うん、気をつけないとな。あの人は何をしてくるかわからないし、能力の正体もまだ不明だ。警戒しておくに越したことはない。うん。

でも、なんか今の答えは、彼女が本当に思っていたことではないような気がしてならない。すごく間があったし、言い方もひっかかる感じがする。

「で、では拙者はこれにて失礼つかまつります！」

「え？　あ、ちょっ、織江ちゃん⁉」

もっと突っ込んで聞こうとしたのに！

そんな逃げるみたいに出ていかなくたっていいだろ……。うーん、あれはやっぱり、何か隠してる感じだな？

気にはなるけど、次のバトルを見られないくらい時間取られても困るし、後にするか。マップの機能を使えば、どこにいるかまではわかるし。

これ以上、ここで一人考えてたってしゃーなしだな。うん、真琴んトコ戻ろう。

＊

「おかえり、お兄さん。おめでとう！」

「おう、サンキュー」

目があって一番に、真琴がそう言ってハイタッチをしてきたのでそれに応じて俺は笑う。身長差があるから、俺はハイじゃなかったけどな。

それと同時にマスラさんが真琴の身体に吸い込まれて消え、俺は彼の隣に座る。

「今回はかっこよかったね！　フレアロード、ばっちり決まってたよ！」

「ふふふ、だろ？　今回はうまくできたと思ってたところだ！」

胸を張って鼻高々な俺に、真琴が肘で小突いてくる。

「またまたー、最後は結局助けてたじゃない」

「いや、あれは偶然だぜ!? そんなつもりはなかったし、なんならあの雪とか噴火とかなかったら俺、そりゃもーガチにKOもぎ取ってたかんな!」

「あははは、あれはちょっとやりすぎだったよね。あれがフジヤマエリアのフィールド効果なんだって」

「やっぱか! やりすぎっつーか、本気で殺しに来てたよあれは」

思い返しても、あの雪と噴火はないと思う。あんなもん、実質無理やりKOさせたいだけにしか見えねーぞ。

そうだよねー、と真琴も頷いている。マスラさんという補助人格があるこいつだが、たぶんこいつでもあの状況を乗り切るのは無理だと思う。

「司会の人が説明してたけどね、四十分経過で冬山モードに切り替わって、もう四十分経過で噴火モードに切り替わるんだって」

「時間で変化するのか……言われてみりゃ確かに、そんな感じだったな」

「普通は噴火モードに行く前の雪崩で終わることが多いらしいんだけどねー」

「雪崩も大概だけど、噴火とかあんなもんただのサドンデスだろ……」

残り十分であんなことになるとか、マジでサドンデス以外の何物でもないだろ。こういうエリアがあるってことは別にいいんだが、だとしたら事前に情報がほしいところだなあ。

富士山がモデルのフジヤマエリアでこれだけおっかないってことは、やっぱり宇宙がモデルのエリアは半端ないんだろうな……。空気がないってことだろうから、もしかしたら何もしてなくてもライフが減っていくとか……？

「んー、それはそうなんだろうけどさあー。あそこでお兄さんが助けてなかったら、たぶん噴火まで行かなかったと思うよ？」

「あの状況だぞ、普通は助けるとこじゃないか⁉」

「どうかなあ……少なくとも空おじさんや湊お姉さんは助けそうにないよね？」

「……確かに」

あの二人は、現実をちゃんと見てちゃんと把握できているタイプだろう。転生を賭けていても生死は懸けていない場面で、相手に情けをかけることはしないだろうなあ。

そんなことを考えながら小さいため息をついた俺に、真琴がくすっと笑う。

「でも、あれでよかったと思うな。お人よしなお兄さん、ボクは好きだよ」

「……あんがとさんよ。まだ生きてるつもりでいるだけなんだけどなあ」

肩をすくめる俺に、それまで笑いを浮かべていた真琴はふるふると首を振った。

「それはみんなそうだと思うよ」

「そーか？」

うん、と頷く真琴がポップコーンを差し出してくる。

……まだ残ってたのか、それ？　まあいいや、もらうとしよう。

「転生できるかどうか、ってトーナメントに出てるんだよ。死にたくて死んだ人なんて、きっといないよ」

こいつ、本当に十一か⁉　そんなの考えたこともなかったよ俺！

これがアレか、いわゆる人としての器の差ってやつか。軽くへこめるな。歴史に名を残した人たちは、きっとこいつみたいに小さい頃からすごかったに違いない。

「だからさ、湊お姉さんも織江お姉さんも、お兄さんに助けてもらったのは嬉しかったと思うよ。どれくらい思ってるかは違うと思うけどさ」

「喜んでもらいたいわけじゃねーんだけどな。俺がそうしたかっただけでさ」

「もー、お兄さんあんな風に助けといてそう言うの？　後で苦労したってボク知らないんだから」

「え？　あ、お、おう？　すまん？」

「お兄さんって、お人よしなうえに鈍感なんだね……」

「お前に言われると、なんか悔しくないのはなんでだろうな？」

「もうっ、そこはいつもみたいに素直に反応してよー！」

ぽかぽかと子供パンチを食らいながら、俺はポップコーンも食らう。さくさく鳴る音もそのままに、キャラメル味をじっくり味わうのだ。

次のバトル、どうなるかな。湊さん、来るんだろうか。空さん、どう戦うんだろうか。

いろいろ考えることはあるが、それはその時が来てみればわかる。今はとりあえず真琴と適当に話しつつ、この観客席の雰囲気をもう少し味わっておこうと思う俺だった。

第18話　観戦しよう　2

ただ待つとなると、九十分ってのは結構長い。というわけで、真琴とあれやこれやと話をしてより親睦を深めた。

エリアのフィールド効果について。好きなものや嫌いなもの。転生してどうしたいか。女の子の好み。なんでも聞くところによると、真琴君はボーイッシュな子が好きらしいですよ？

顔赤くしてもじもじしながら話す、なんていう初心《うぶ》な反応は、見ていてこっちが恥ずかしくなるレベルだったわ。俺にもあんな頃があったね。

あ、転生については、俺がそこまで興味ないと言うとかなり驚かれた。

「純粋にバトルを楽しみに来てる人なんて、お兄さんくらいなんじゃないかな……」

と言われて、呆れられたりして。ちょっと悔しかったので、ヘッドロックをお返ししておいた。

妹はいたけど、弟はいなかったからこういうことはしたことがないが……こういうやりとりは死ぬ前のことが思い出せて楽しい。少しさみしくもあるけどな。

ともあれ、そんな真琴も転生はしたいらしい。歴史学者になって、本能寺の変の真実を突き止めたいと言っていた。俺には高尚すぎて、とてもじゃないがついていけない。

他の参加者も、それぞれがそれぞれの目的を持ってるんだろうなあ。

もし優勝できた時のことを考えて、俺もそれっぽい目的を用意しておいたほうがいいかもしれない。何がしたいかと言われても、特にこれ、っていうのはないけどさ。

それから、生前のこともいろいろ聞いた。あんまり話したくないこともあるだろうとは思っていたが、その辺りはわざと言わなかったか、それともそういうことはなかったか……。

俺としては後者であってほしいところだが、本当のところどうなのかは、それこそ聞くわけにはいかない話だ。

あと真琴が言うには、こいつが死んだのは落雷による感電死らしい。夏休みの午後、夕立の中チャリで疾走していたところ、ズドンと来てそのままここに来たという。

雷で死ぬ確率ってのが死亡者の何割を占めてるのか俺にはわからんが、たぶん俺よりは珍しいケースなんじゃないかと思う。雷が落ちるところは遠目に見たことは何度もあるが、実際にそれが人に落ちたって話はあまり聞かないし。

「でも、一瞬だったからそこはよかったよ」

そう言う真琴は、死んだことについてはさほど気にした感じはない。

「餓死とか、そういうのはイヤだよね。苦しみたくないもん」

「そーだな。でもそういう記憶はあまり持ち越されてないっぽいぞ。俺も相当苦しんで死んだとは思うんだが、そこらへん曖昧だしな」

「お兄さんは……どう、だったの？」

「俺か？　俺は焼死」

どこか遠慮がちな問いだったので、気にするなと言わんばかりに俺は笑って答える。

「家が燃えたらしいんだけどさー、中に取り残された妹助けに突っ込んで、そのままな」

「それは……確かにきつそうだね……じゃあ配慮はされてるんだね」

「たぶんな。まあ、そりゃ苦しまずに死ねるのが一番いいんだろうけどな」

そうして俺たちは笑い合う。

「……でも、だからお兄さんの能力が火を操る、なんだね」

「そういう真琴は、電気を操る、とかか？」

能力は死因に関係したものになるってのは最初聞いたからな。感電死なら、やっぱ電気だろう。

と思ったが、真琴はにやっと笑って否定した。

「ぶっぶー、違います」

「マジで？」

「うん。ボクより先に感電死した人がいたみたいで、ボクの能力はそうじゃないんだ」

「そうか……そういや、ダブったら違うのになるとも言ってたっけか」

「そゆこと」

一つ選択肢が消えたという意味では、よかったのかもしれない。

逆に考えれば、真琴以外の誰かで、電気を操る能力を持った参加者がどこかにいるということが確実、ということでもあるし。

電気はそれ自体が攻撃力高いものだからなあ。もし対戦相手で出てきたら、注意しなきゃいけないのは間違いない。

……なんとなくだが、空さんは違う気がする。あの人が織江ちゃんとのバトルで見せたのは、攻撃を防ぐことだったわけだし。

「でも、どういうものかはお兄さんにも教えられないからね」

「そりゃそーだ。まあ、それを抜きにしてもあんまし真琴とは戦いたくねーけどさ」

「……うん、それはね」

やっぱり知り合いとはやりづらいんだよな。こいつがまだ小さいからってのもあるけど、こいつの目的聞いちゃったからなあ。

もちろんやるからには負けたくはないが、それとこれとはまた別だ。

「大体、お兄さんって対戦相手助けようとするじゃん？　それも結構本気で危ない時に。あれってずるいよねぇ」

「え、なんで？　どの辺が？」

「……なんでわかんないのかなあ……」

「なんでわかるんだろう……ん？」

真琴のちょいと理不尽な話の途中だが、見覚えのある姿が視界に飛び込んできたので、思わず俺は言葉を切った。

それに釣られる形で、真琴が俺の見ているほうへ顔を向ける。

そこには、きょろきょろしながら観客席を歩く織江ちゃんの姿があった。服装も戦った時と変わらない。あの独特の格好を見間違えることはたぶんないだろう。

「あれ？　あれって、さっき戦ってたお姉さんじゃない？」

「ああ、織江ちゃんだな。観戦にでも来たのかな」

「そういえば次、お姉さんが負けた人が出るもんね。気になるのかな？」

「なるだろうなあ……あの負けは、かなり気にしてたっぽいし」

織江ちゃんを眺めながらそんなことを話していると、彼女のほうも俺たちに気づいたらしい。少し早足で、こちらに向かってやってきた。

「明良殿ではありませぬか」

「よう、さっきぶり。観戦か？」

「はい、せっかく教えていただいたので見ておこうかと……」

返事をする織江ちゃんの視線が、真琴に注がれている。こいつにも輪っかがあるからな、同じ参加者ってことはわかるはずだし。

その参加者が並んで観客席にいるのは、不思議に思えるかもしれないな。普通なら敵同士だし。

「こいつはこっち来てから知り合った真琴。一緒に観戦してるんだ」

「初めまして、お姉さん。龍治真琴です」

「あ、お……おお、ご丁寧に。拙者、織江伊月と申す。よしなに」

相変わらずだなあ、この子は……。経験あるから思うんだけど、これって結構疲れるよね。精神的にさ。

「せっしゃ？」

うわあああ真琴ー！　そこには突っ込んじゃダメだ！　気になっても聞いちゃダメだ！

子供らしい純粋な問いかけなんだろうけど！　だってこれ、いわゆる中学生にありがちな勘違いした個性の類！

「何か？」

織江ちゃんキメ顔で応じちゃうか⁉　そこでその顔できるか⁉

言われ慣れてるのか、すげー堂に入ったいい表情！　めっちゃキリッってしてる！　ここまで行ったらもう十分個性かもしれない！

まあ素じゃないことは明らかなわけだけど。それでもたぶん、織江ちゃんにとってこの口調は、それなりにアイデンティティになってるんだろうな。だからこそのリアクションなんだろう。

一方、真琴の反応は当然と言える。現代じゃありえないしな。ただ、あまりそこは気にしないでやってくれというか。こう、もう二、三年もすればお前もわかるようになると思うからさ。な？

というわけで、ここは話題を切り替えておくのが年長者として正しい対処だろう。

「それよか、もしかして席探してる？」

「あ、はい。ですがどこも既に埋まっていて……」

「だろうなあ……」

俺もマスラさんに譲ってもらって、かろうじてここに滑り込んだようなもんだしなあ。

譲れるものなら譲ってやりたいが、俺もここ以外に当てがないからさすがにちょっと……。

と思っていると、隣から服の裾を引っ張られた。

「どうした？」

「こうすれば空くんじゃないかなー、って」

真琴はそう言うと、席を立って俺の目の前まで来て、そのまま俺の膝の上に座った。軽い。

……あの、真琴君？

「えへへ」

「いや、えへへじゃなくてな？」

「……ダメ？」

なんだこいつ、天使か。俺をどうするつもりだ。

「……いいけど」

俺の返事に、真琴はにっこり笑うと織江ちゃんに顔を向ける。

「お兄さんもいいって。よかったらそこ、使っていいよ」

「え、はあ。その……」

ちらり、と織江ちゃんの視線。

まあうん。どうせ足しびれたりとか痛くなったりとかないだろうし……っと、視界の半分近くが真琴の頭で隠れてしまうな。

じゃあ、膝の上じゃなくて俺の股の間に収まってもらえば……うん見える、大丈夫そうだ。

……絵的にはかなり大丈夫じゃない感じになった気がする。うっかり腕を前に回そうものなら、いたいけな男の子を後ろから抱きすくめる不審者って構図じゃねーか、これ。

いっそ俺が女なら、もう少し健全な見た目になったんだろうが……ええい、考えても仕方ない！

俺は半笑いで小さく頷いて、織江ちゃんに座れと手で促すのだった。

……なんかすごく負けた気分なんだが、なんだろうな？

「で、ではその、ありがたく」

やけに複雑な表情で織江ちゃんは頷き、おずおずと俺の隣に座った。

「はい、ポップコーンよかったら」

「あ、ありがと……かたじけない」

そこに真琴がポップコーンを渡し、織江ちゃんが箱を受け取る。

……食いきるまでもう少しってところか。長い戦いだな。

そんなこんなで俺たちは三人になり、今までとはまた別の方向にも話が飛んで、なかなかに盛り上がる。聞けば、織江ちゃんは十四歳とのこと。リアルに中学二年生だったということで、彼女の言動に対してやたら納得したのはここだけの話だ。

懐かしいなあ。俺もそれくらいの時は、お気に入りだった漫画キャラの言動を……いや、なんでもない。

ああなんでもないともさ。葬り去った過去の話だ。聞かなかったことにしてくれ。

何もなかったから！　何もなかったんだってば!!

察して!!

第19話　予選　9

「多すぎて選べないけど、ボクはやっぱり信長《のぶなが》かなあ。俺についてこい！　って感じがして、かっこいいよね」

「わかる、わかりますぞ。時代が生んだ革命児……本能寺がなければ歴史はどうなっていたか。しかし拙者、一番となるとやはり信玄公《しんげんこう》でして」

「甲斐《かい》の虎だっけ。この人ももうちょっと長生きしてたら、絶対違う歴史だったよねー」

「信玄公没後の武田《たけだ》家は十年ちょっとしか持ちませんでしたからな……」

俺にはわからない話が、二人の間で続いている。名前くらいはわかるが、それ以上のことはサッパリだ。

なんでこうなっているかというと、織江ちゃんがいわゆる歴女というやつだったからだ。彼女がござる口調を使っている理由はここにあったわけだな。俺にはやりすぎにも思えるが、本人がいいならいいんだろう。

それはともかくとして、歴史と来れば、同じく歴史好きの真琴と話が合わないはずがない。さらに好きな時代までかぶったようで、あっという間に二人は意気投合した。

そして今に至る、と。

俺は歴史……というか、そもそも学業に関わることは大半苦手なので、話にはついていけずうんうんと頷くしかできない。できないんだが、二人が楽しそうにしてるから別に退屈ではなかった。聞いていて理解できたか、っていうとまた別だけど、人が好きなことを話してる時の楽しそうな姿は見ていて結構好きなのだ。

……でも、そうだな。もし転生できたら、少しその辺りもできるようにしてもらうのはアリかもしれない。テストで満点とか、取ってみたいよな。

『さあさあ皆さん！　お待たせー致しましたー！　これより、第十二リーグ四回戦目を行います！』

「お、いよいよ始まるか」

突然のナレーションに、会場が一瞬静かになって、そしてすぐに元よりも騒がしくなる。

俺たちも、会話を終わらせてフィールドへと目を向ける。

『赤コーナー！　湊涼選手！』

かんせ……いや、大歓声だな。

人気なのか、彼女？

『青コーナー！　空永治選手！』

ブーイング。

……あの人はなんていうか、織江ちゃんとのバトルで完全にヒールになっちゃったな。

『さあぁァァ両者とも！　転移装置にあがってください！』

司会の言葉を受けて、二人が装置の上にあがる。

『ルーレット開始ィ！』

と同時に、司会が手を掲げながら宣言。バトルエリアを決めるルーレットが始まった。

『さあー、今回のバトルエリアは……⁉』

いつも通り、いろんなエリアの映像が次々と切り替わっていく。

そして……。

『グレイブエリア！　ですッ‼』

司会の宣言と同時に、歓声があがる。

エリアの名前が日本語じゃないのでそれがなんなのかわからないんだが、映し出されている映像を見ればそれが何かはよくわかった。

「……墓だな」

「お墓だね……」

「墓場ですね……」

そう、映っていたのは墓場だ。四方八方あらゆる方向すべてに墓石が並んでいて、さながら死者の都って感じだ。映像では昼間だからさほど雰囲気はないが、暗くなったら感じる印象は一気に変わるだろう。

……っていうか、どうせバトル中に夜になるんだろう？　フィールド効果か何かで。俺にはまるっとお見通しだ。

『さあ、転移が始まるぞ！　両者、準備はいいかあー!?』

司会が叫ぶ。さて、バトル開始だな。

『それでは、転移装置稼働！』

そうしてフィールドが白い光に包まれ、景色が変わっていく。

何もなかったフィールドに、墓場が出現。そして、その中の二ヵ所に一人ずつ、人間の姿が浮かび上がる。もちろん、湊さんと空さんだ。

バトル開始が告げられ、その瞬間エリア全体が一気に暗くなった。

あれ、最初は昼だと思ってたけど。いきなり夜なのか？

『さあ始まりました！　グレイブエリアも今試合が初めてですね！　十二リーグは初めてのエリアが多いです！』

そーっすか。そんじゃ説明、おなしゃーっす。

『グレイブエリアは見ての通り、墓場がモチーフのエリアです！　居並ぶ墓石、卒塔婆《そとば》はもちろん、場所によっては土饅頭《どまんじゅう》も完備です！』

「……どまんじゅう、ってなんだ？」

聞いたことのない単語に、俺は首をひねる。周りの観客は気にしてないみたいだが……。

「どまんじゅうというのは、土葬をした跡のことですぞ」

「ほう」

そんな俺に、織江ちゃんが説明してくれる。

「土葬の時は穴に棺桶《かんおけ》を埋めるのですが、その場所には山になるように土を盛るのです。これが土饅頭というものにございます」

「へぇ……なるほどなあ。よく知ってるね」

「戦国の世においてはよくあることにございますれば」

なるほど、その絡みね……。

『このエリアのフィールド効果は、皆さんお察しの通り！　ゾンビです！　常に夜に支配されたエリアに現れるゾンビ！　皆さんをホラーの世界へいざないます！』

「まあ、そりゃそうなるか。しかしゾンビか……俺、あんまホラー得意じゃねーんだけど最後まで見れるかな……」

「拙者は平気ですぞ。その手の映画は全編観ましたゆえ」

「織江ちゃん……なかなか猛者だな。じゃあ真琴は、……ああ」

ちらっと胸元の真琴を見てみれば、目をぎゅっと閉じて耳をふさいでいた。

うん。

なるほど？　ダメなんだね？　根っからダメなんだね？

「真琴……」

「知らない！　ボク知らない！　何も見ないから！　終わったら教えて！」

「……はいはい」

「ホントだよ!?　嘘ついたらヤだからね!?」

「言わない、大丈夫だって」

ビビりすぎだろ……。気持ちはわからなくもないけどさ。

仕方ないので、俺は真琴の頭を撫《な》でてフィールドに意識を戻す。

『もちろん、人魂《ひとだま》も出ます！』

ちょっと待て。

『幽霊も当然出ます！』

待てって。

『妖怪も出ます！』

おいやめろ。やめてあげろ。

真琴が耳をぽんぽんしながらあーあー言ってるだろ。耳ふさぐだけじゃ、アナウンスの大音量が聞こえちゃうから！　意識をそらしつつ音を遮断する最後の手段にもう出ちゃってるから！

『妖怪は嘘です！』

てへーって感じで司会が言う。

「かわいくもなんともないし普通にムカつく」

「同感ですなぁ」

『さて、両者まずは相手の位置を確認しているようです！』

……自分があの場にいないからって、司会もだいぶマイペースなもんだよ。

『空選手、身をかがめながら慎重に墓場を進みます！　どうやら、湊選手の死角を狙っているようだー！』

ブーイングがあがる。

いや、それくらい許してやろうぜ。こんな広くて遮蔽物の多いところなんだからさ、な？

しっかし、マシンガンを構えて丁寧にクリアリングしつつ進む姿はどこからどう見ても軍人だ。見た目はむしろ軍人とは正反対なのに。スキルってすごい。

これだけ墓石があるなら、隠れてスナイパーライフルを使ったほうがいいようにも思うが……手持ちにないのか、他に考えがあるのか。さてどっちだろうな？

『一方の湊選手、何やら周りに物を仕掛けているぞー!?　これは……プラスチック爆弾か!?』

「どうやって調達したんだ……」

「あっても不思議はないですが、絶対高いでしょうに」

「だよなぁ。……っつーか、平気な顔して設置進めてるけど、彼女って何者なんだ。元グリーンベレーか何かなんじゃないだろうな？」

「……確かに。いくら彼女が天才と名高いとはいえ、まさか爆発物まで扱えるはずもないでしょうし……」

「天才？」

なんだそれ、と聞こうとした時だ。

状況が動いたようで、実況が大きな声を張り上げた。

『おっと湊選手、墓石から現れた幽霊に絡まれている！　あれは世間話を延々と続けて足止めするタイプのエリア効果ですっ！』

「どんなだよ」

「邪魔は邪魔でしょうが……」

『あーっ！　湊選手これを無視！　完全にスルーです！　なんというスルー力！』

「知ってた」

「さもありなんですなぁ」

彼女って冷静に物事考えるタイプだろうし、絶対最短距離でゴールまで行きたがるタイプだと思う！　無駄を嫌うっていうか！

そんな人が周りから会話を吹っかけられる程度の妨害、気にするはずもないよね！

にしても、あの幽霊どんなこと言ってるんだろう。俺なら普通に気が散って殴りかかりそう。

『一方、空選手はゾンビに追いかけられている！　これは厳しい！』

「うわぁ」

「ざまぁ、でござる」

織江ちゃんが手厳しい。気持ちはわかるけど。というか、観客も沸いてるということは大体同じような考えなんだろうが。

だとしても、高速で走るゾンビの群れに追いかけまわされるのって、普通に怖いだろ。マシンガンで対応してるけど、倒し切れてないしな……。

弾には限りがあるだろうことを考えると、あれはなかなかしんどいだろう。俺なら火を操れるから、そこまで邪魔にはならないだろうが。

というか、墓場でゾンビが暴れてて、マシンガン乱射する人がいて、爆弾仕掛けてる人もいるって、世紀末感すげーな。この墓場に埋葬された人たち、おちおち寝てられないだろ。いや、あくまでバトルステージなだけで、誰も埋葬はされてないんだろうけどさ。

『空選手、迫るゾンビに襲われ、……おっと？　ここで能力発動か？　彼に襲い掛かったゾンビが止まってしまったぞー⁉』

「む、能力を使ったか。どういうことだろう。確か織江ちゃんとのバトルでも似たようなことをしていたけど……」

「うーん。あの能力、やはり攻撃主体のものではないのですな……？」

織江ちゃんも首をひねっている。

一方会場内では、先頭のゾンビが止まってしまったことで玉突き事故が発生していた。後ろから殺到するゾンビたちがそのままぶつかり続けてとんでもない絵面になっているぞ。これはひどい。

しかし、攻撃主体ではない、か。直接戦ったことがある彼女がそう言うってことは、一定の信ぴょう性があるな。

確かに空さん、攻撃はもっぱら銃器だ。となると、攻撃用じゃない能力も中にはあるってことか。そういえば湊さんもそんなようなこと言ってたような。

うーん、戦いながら考えるのがしんどくなるな……セコンドが欲しくなるぜ。

『この隙に空選手、走ってその場を去る！　賢明な判断と言えるでしょうー！』

「そのまま食われてしまえばよいものを」

「……さらっとすげー不穏なこと言ったなぁ」

「地獄に落ちるべきでは？」

「どうどう、織江ちゃんどうどう」

『ここで人魂が出現です！　人魂は、出くわした参加者の頭上にしばらくとどまり、相手のその存在を知らせます！　五分ほどで消えますが、五分後にまたどこかに現れまーす！』

そうこうしているうちに、バトルにも変化があったらしい。ふむ、新しいフィールド効果か。

場所を知らせる、というのは面倒だけどバランスとしてはちょうどいい気がする。幽霊はまだしも、ゾンビとか明らかにやりすぎだろう。ついでに言うと、富士山の噴火とかやりすぎ通り越した何かだからな？

『さて一方の湊選手、随分といろいろなものを仕掛けている！　これは一体何が狙いなんだー！　わからーん!!』

「湊さんは本当に行動がよくわからないな……」

「仕掛けもどういうものなのか、拙者にはよくわかりませんぞ……」

俺もわからん。ただ、墓石を中心に下のほうに爆弾が並んでるのはなんとなくわかる。

想像だが、一ヵ所を爆破したら次々と連鎖する感じじゃないだろうか。あの辺り一帯に踏み込んだ時に起動されたら、相当ダメージを受けそうな感じだ。

あと、なんか墓石の位置をだいぶいじっているな。なんかこう、ドミノ倒しみたいに並んでるところがある。中で戦ってると、気づけないかもしれないが……まさか湊さん、そういうことか？

誰もが一度は考えたかもしれない、墓石でドミノ倒しをやる気なのか？

なんて思っていると、湊さんが満足そうに立ち上がった。そして、何もないところから……。

『湊選手、ロケットランチャーを取り出したー！　今回も使う気だー！』

「「出たーっ！」」

織江ちゃんと二人で思わず言ってしまった。歓声みたいになっちゃったけど、仕方ないだろ。あれだけのインパクトがあればそりゃあ少しくらい。なあ？

『しかし湊選手？　ここはすぐに使わずさらに新しく何か取り出したぞ？　箱……箱ですね。中身は……な、なんと！　ロケット弾だー！　ロケット弾がたくさん入っている！』

「なにーっ⁉」

「えーっ⁉」

「わっわっ、な、なに⁉」

俺と織江ちゃんが同時に腰を上げ、俺が抱えていた真琴がそれに巻き込まれる形で椅子から落ちそうになる。

それをギリギリのところで押し留《とど》めて、俺は座りなおしながら彼を引き寄せた。……だから、構図については何も言うな。

うん、実況の言う通りだ。湊さん、いくつものロケット弾を手元に置いている。ここからだといくつあるのかはちょっとわからんが、少なくとも十個くらいはありそう。

「……ということは、まさか」

「連射でござるか……？」

俺たちはほぼ同時に、ごくりと生唾を飲み込んだ。

『さあ湊選手、ここで遂にロケットランチャーを……撃ったー！　空選手の近くに着弾！　周囲一角が吹き飛びます！　逃げまどう空選手！　だが湊選手、追撃の手を緩めない！　次の弾を装塡して……二発目ー！　行ったー！』

そこからは予想通りだった。

無表情に近い顔で、淡々とロケットランチャーを連射する湊さんはむしろ怖い。

逆に観客席の盛り上がりはすごいことになっている。まあうん、気持ちはわかる。こう、言っちゃあなんだけど爆発物でモノを吹っ飛ばすのって、爽快感あるよな。

「怖……」

「んだな……」

でも湊さんが怖いことには変わりない。淡々と装塡、位置修正、発射を続ける姿は歴戦の戦士って感じだが……。

っつーか、あのロケット弾はどこからどうやって調達したんだ。俺と戦い終わった時は、拳銃の弾丸を用意することすらままならない感じだったのに。俺とのバトルでどれだけのポイントをもらったんだろう？

「というか、墓場がひどいことに……」

「墓石が吹き飛びまくっておりますな……卒塔婆なんて砕け散っているし、ゾンビも……あー、空を飛んでおります……」

「急に映画のジャンルが変わった感じするな……」

「アクションですなぁ……」

そうこうしているうちに、あれだけ整然と並んでいた墓石の多くは形すらなくなり、あちこちが更地になった。攻撃する側の湊さんの近くは健在だが……その辺り、さっき爆弾しかけてたよなあ……。

いやでも、一番たまらないのは空さんのほうだろう。頭上の人魂のせいで、どこにいるかはバレバレだ。今のところかろうじて当たっていないし、マジで当たりそうなやつは恐らく特殊能力と思われる技で止めて逃げているから致命傷は受けていないけど。

それでも、度重なる爆撃は確実に彼のライフを削っている。彼からしても、湊さんがどこから攻撃をしているかは人魂でわかるはずだが、こうも連続で正確に狙われ続けたら反撃したくてもできないだろう。

さて、ここからどうするんだ、空さん？

「よしっ！　うむ、そのまま押し切ってくだされ水奈月《みなづき》様ー！」

……織江ちゃん？　ガッツポーズは、さすがにどうかと思うぞ……。

第20話　予選　10

『お……おっと、ここで湊選手、さすがに弾切れのようです！　ロケットランチャーをアイテムボックスにしまい、代わりに拳銃を取り出した！　攻撃が止んだと見た空選手、マシンガンを構えて一気に突撃です！』

「周り、完全に更地だもんな」

「逃げるよりいっそ突撃したほうがマシでござろうなぁ」

マシンガンを向けて全力で走る空さんの顔からは、ヤケクソ気味なものを感じるけど。あの状況じゃそうするしかないだろうなぁ。

しかし何を思ったか、そんな隙だらけのはずの空さんに対して、湊さんは攻撃をしない。拳銃を取り出したままの状態で、佇んでいる。その拳銃も、ただ握っているだけ。銃口をだらりと下に向けている様子は、戦おうというつもりがないようにしか見えない。

「水奈月様は一体何を……？」

織江ちゃんが首を傾げている。というか、さっきから「水奈月様」ってのは一体なんなんだろう。あだ名にしてはなんかおかしい。

ま、まあそれはともかく、俺は知っている。湊さんには戦うつもりはないってことをな。言わないけど。

だから動かない彼女に対して、不思議とは思わないんだが……それでも今回は、直前までロケットランチャーの雨を降らせたわけで、じゃあそのあとなぜ動かないのかって言われれば、さっぱりわからん。

そんな彼女の周りに、爆撃を逃れたゾンビたちが集まりつつある。彼女、それでも動かないけど……どうするつもりなんだろう？

『空選手が突入した！　……あーっと、しかしこれは、間にゾンビが集まっていてまだ湊選手には近づけないぞ！　そんな彼に気づいたゾンビが動きます！』

「……ゾンビは空さんに対する壁か。あわよくばそのまま攻撃してもらおうって感じか？」

「なるほど！　さすが水奈月様頭いいでござる！」

織江ちゃんが無邪気に喜んでるけど、空さんが同じことしたらなんて言うんだろうな？

聞いてみたくはあるけど、ここは黙っておいてあげよう。

と、そうこうしているうちに、大体ゾンビの半分ほどが空さんに向かった。残り半分は、そのまま湊さんに向かってくる。

湊さんは、そのゾンビを……。

『湊選手、ゾンビを一掃！　すべて鮮やかなヘッドショットでした！』

「うわすご……俺と戦った時より腕あがってる気がする」

「銃、強いですな……拙者も剣より銃を使うべきだったでしょうか……」

「気持ちはわかるけど、接近されたら逆に使いづらくね？」

『一方、空選手もゾンビを一掃！　こちらはマシンガンの威力がモノを言いました！　そして二人は向かい合ったー！』

おっと、話しているうちにまただいぶ進展しているな。

対面した二人の距離は、十数歩くらいかな。となると、拳銃の湊さんよりマシンガンの空さんのほうが有利な気がする。

しかし湊さんは、周辺にたくさん墓石が残っている。その陰に隠れてしまえばそれなりの時間、攻撃をしのげるだろう。どちらが極端に有利というわけでもない状況かな、これは。

「いえ、水奈月様は罠《わな》を仕掛けておりましたよね？」

「あー、そういえばあれ、まだ一個も動いてないな。ここからどうなるんだろう」

そうそう、あの墓石の周辺には大量の爆弾が仕掛けられていたんだ。湊さんはあれをどう使うんだろう？　まさか出番がないまま終わりということはないだろうが……。

……ん、なんか会話してるな。どういうことを話しているかは、ここまで聞こえてこないからなんともわからない。

見た感じの印象では、どこまでもクールに湊さんが淡々と話を流しているような感じだな。空さんのほうが質問してるっぽい……？

『先に動いたのは湊選手！　拳銃を横に払いながら発砲！　続けざまに五発です！』

んん？　でもその五発の弾丸は、全部方向がバラバラだぞ。

「誤射でござるか？」

「いや、ゾンビ相手にあれだけ正確なヘッドショットをしてたんだから、そりゃないだろ。何か考えがあるんだ」

それが何かまでは、俺にはわからんが。

『空選手、これを能力で防御！　そしてそこを離れながらマシンガンを掃射！　……あーっと⁉

湊選手これを避けない！　正面からまともにこれを食らって、ライフが一気に半減だ！』

「え？」

会場の雰囲気に、ちょっと困惑の色が混ざる。織江ちゃんもまったく同じリアクションだった。

いやホント、彼女なんで避けなかったんだろう？　そもそも微動だにせず全弾食らうって、なかなかできることじゃないぞ。

この辺りは、さすがに死んだことを完全に受け入れているってことだろうか。

と思っていると、空さんが逃げ込んだ先で爆発が起きた。

『移動した先で手りゅう弾が爆発だー！　先ほどの道具はこれが狙いかー⁉』

「え？　手りゅう弾って、ピンを外さないと爆発しないんじゃ……」

「いや、さっきのよくわからん五連射だ。あれの一つがピンを弾いてたっぽいぞ」

「なんと⁉」

司会の横で、野球のリプレイみたいな映像が映し出されている。そこには確かに、置いてあった手りゅう弾のピンを拳銃で撃ち抜いて起動させる、という離れ業をやってのけるシーンが。

でもって、手りゅう弾を撃った時に一緒に出ている他の弾丸は、空さんの逃げ道を制限するためのものか。なるほど。

「……銃を攻撃じゃなく、誘導のために使う、か。勉強になるな」

リプレイを見て俺はつぶやく。使う機会があったら使ってみよう。できるかどうかわからん。

と、そう思ったところでリプレイが終わってバトルステージに視点が戻る。

どうやら空さん、手りゅう弾の爆発は防げなかったらしく、爆風を食らって吹っ飛び、それから地面を転がっていく。ゲージの減り方がそこまで大きくないのは、彼のライフが底上げされているからかな？

だがそこに、容赦なく墓石が襲い掛かった。彼の上から覆いかぶさるようにして、倒れ込んできたのだ。

そう、いつの間にかそこでは墓石のドミノ倒しが発動していた！

『あーっ！　今の爆発で崩れた墓石が次々に倒れ、空選手に向かって一直線！　なんという周到な準備ー！』

「えっ？　なぜあれがここで……」

「さっきの手りゅう弾の爆発で、近くにあった墓石が倒れ始めたんだな。空さんが吹っ飛んだ先にそれが回ってきたんだ」

「ええ……どうやったらそんなの実行できるでござるか……」

「思いついてもできねーよな、あんなの」

とはいえ、墓石のドミノ倒しは空さんがどこに吹っ飛んでもいいようにかなり広範囲に広がっている。あれは吹っ飛んだ直後にはなかなか対処しづらいだろう。

で、ドミノ倒しが行かないほうに飛ぶってことは、つまり湊さんの目の前に吹っ飛んでくるってことだから……まあ、頭に弾丸をぶち込まれてそこで終わり、って感じか。えげつねぇことする。

「……ところで、あの石ってどれくらいの重さがあるんだろうな」

「下敷きになっておりましたな。ライフもそれで減っておりましたし、それなりにあるのでしょう

……あっ、二回目は逃れたでござるか……チッ」

能力を使ったんだろうな。彼に向かって倒れた墓石が、途中でピタリと止まってしまった。

空さんはそのスキに墓石から離れる。離れたけど……。

「あっ、でも、これもお見通しということでござるか」

「だろうな……」

『その墓石から逃れた先では、湊選手が待ち受けている！　手にはスイッチ！　きっと爆弾でしょう！　スイッチを手にたたずんでいます！』

もしかしてだけど、空さんの辿《たど》ってきたルートって全部計算されたやつなんじゃないだろうか。

だとしたら、湊さんって実はこの第十二リーグ最強なんじゃ？

こんな考え抜かれた理詰めの戦い方、俺には絶対できない。前回のアレも、本気で戦ってたらケチョンケチョンにされてたんじゃね、俺？

『空選手、驚きの表情で湊選手と顔を合わせる！　だが湊選手は動じず、……あーっ！　スイッチ

を押したー！』

　そして湊さんの足元が盛大に爆発し、彼女の姿が見えなくなった。

＊

「「え……？」」

　いつも何かにつけて騒がしい観客席が、いつもとは違う騒がしさに満ちている。

　どよめきってやつだ。みんな何が起こったのかよくわかっていない。そんな感じだ。俺たちもだ。

　織江ちゃんとこれまた同時に、声を上げていたぜ。今回はもっと困惑の度合いが上だけどな。

『な……な、ななななんとー！　最後の最後で大番狂わせ！　湊選手、誤爆により自滅です‼』

「な、なんですと……」

　織江ちゃんがうめくように言う。それと同時に、観客席から歓声とブーイングが織り交ざった音が湧き上がる。

『自らの真下で起きた爆発を受けた湊選手、あっという間にライフがゼロに！　このバトル、空選手の逆転勝利です！　空選手、敵失に救われた形だー！』

　フィールドが、白い光に包まれている。すぐに、何もない状態に戻るんだろう。だが観客席の喧《けん》騒《そう》は、しばらく収まりそうにない。

　その中で、俺だけが首を傾げていた。

……誤爆？　本当にそうなのか？

湊さんは、俺に「勝ち抜くつもりはこれっぽっちもない」と言った。その言葉通り、俺とのバトルでは自ら勝ちを譲っている。今回も、そういうことなんじゃないだろうか？

負けるつもりだって言うなら、どうして事前にあれだけ相手を追いつめたかという疑問は残るが……それでも、誤爆という点についてだけ言えば、俺はどうも違うような気がしてならない。

……会って聞いてみるか？

『いやまさかの展開でした！　ともあれ、これで空選手は二勝、湊選手は二敗！　第十二リーグは、二勝が二人に二敗が二人と、きれいに結果が分かれる結果となりました！　えー、これにより、十二リーグのバトルが一つ減ります。二敗の両選手は既に予選敗退が確定となったため、明良選手、空選手のバトルをもって今リーグは終了となります！』

アナウンスが響く。

『次のバトルも、九十分後に始めます！　それまで皆さん、どうかお待ちくださいますようお願い致します！』

その言葉を最後に、司会の声は途切れた。だが、周囲のざわめきは収まらない。

無理もない。あの終わり方は納得できないだろう。誰だってそうだ。俺だってそうだ。

そして、もちろんあれをよしとしない子がここにもいる。

「明良殿！　あの幕引きは拙者納得いかぬでござる！　いくらなんでも、水奈月様が不憫《ふびん》でござろう!?」

織江ちゃんが、青筋を額に浮かべながら言う。言ってることには頷けるが、そこには私怨が見え隠れするので、素直に頷けない俺がいる。

「終わった？　終わったんだよね？　ああ怖かった……」

一方、バトルをまるまる無視していた真琴は何が起きたのかわかっていないようだ。

知らないほうが幸せなんじゃないかとも思う。途中から、ホラーというにはおこがましいくらいのアクションオンリーだったことも含めて。

うーん、二人になんて言うのが正しいんだろうなあ……。湊さんの意図を、そのまま二人に伝えていいものかどうか。

「かくなるうえは、明良殿にすべてを託すしかありますまい！」

俺が悩んでいることとは無関係なセリフが飛んできた。俺の悩みが無駄骨だったのは、この場合喜んでおいたほうがいいんだろうな。

とはいえ、託すって何が言いたいんだ、織江ちゃんよ。

「明良殿、あの憎くき男に裁きの炎を！　地獄の業火で焼き尽くしてくだされ！」

怖い！　織江ちゃん怖いよ！

君、ひょっとしなくても根に持つタイプだな？　そうだね!?

「……お兄さん、何があったの？」

サンキュー真琴、話題チェンジ素直に嬉しい。

「湊さんが誤爆して、空さん勝利。織江ちゃん、げきおこ」

「……なんとなくわかったよ」

苦笑を浮かべて、真琴はちらりと織江ちゃんに目を向ける。しかしそれはほぼ一瞬、すぐに俺へ視線を戻した。

俺が小さく首を傾げてそれに応じると、真琴は頷いて織江ちゃんに向き直る。

「お姉さん、気持ちはわかるけどそろそろお兄さん行かなきゃ。準備しないといけないもん」

……理解が早くて助かる。よくあれだけの仕草で俺の考えていることがわかるな。

やはりこいつの頭の出来は、俺より数倍いいに違いない。ていうか、こいつ本当は年齢詐称なんじゃね？　って思うレベル。

「さ、左様にございますな……」

年下からの的確な攻撃に、織江ちゃんは眉尻を下げて頷いた。

「……明良殿、邪魔立てしてしまい申し訳ありませぬ」

「ああいや、いいんだって。気持ちはわかるよ」

ひらひらと彼女に手を振って、俺は立ち上がる。真琴を改めて座席に座らせて。

「勝ちたいのは俺も思ってることだ。任せとけ、俺が織江ちゃんの仇《かたき》取ってやるからな！」

そう言ってサムズアップする。

織江ちゃんは、それに対して力強く頷き返した。

「気をつけてね、お兄さん。がんばって！」

「おう！　んじゃ、行ってくる！」

「行ってらっしゃい！」

「ご武運を！」

そうして俺は、二人に見送られて観客席を後にした。

まずは、前回のバトルでもらったポイントの振り分けを考えたいところだが……その前に、湊さんに話を聞いてみるか。

マップを開き、俺は動く気配のない湊さんに向かって歩き始めた。

第21話　振り分けタイム　2

湊さんは、ポータルが並ぶ廊下に一人たたずんでいた。そして彼女は、俺を見るなりうっすらと笑い、歩み寄ってくる。

先に口を開いたのは、彼女のほうだった。

「久しぶりね」

「……ってほど時間は経ってねーけど、確かにすげー久しぶりな気がするな」

彼女の言葉に肩をすくめながら、俺は彼女の前に立つ。

「まあそれよか、聞きたいことがあってな」

「わかってる。だろうと思って待ってたわ。さっきのバトルについてでしょ？」

「……よくわかるな」

「そういう負け方だったもの、予想するまでもないでしょ。それに、私の真意を知ってる人は多くないし。……本当のところはどうなのか、そう聞きたいんでしょ？」

俺は頷く。まったく、本当によく頭の働く人だよ。

「あれ、誤爆じゃなくて自爆だろ？」

「もちろん」

「……やっぱりか」

もちろんと来るかよ。

まあそれはいいけど、まだ気になることがある。

「もう一つ聞きたいんだが、いいか？」

「どうぞ」

「なんで途中まで真面目に戦ったんだ？」

促されるままに、俺は問う。

対して、返事は少しだけ間をおいて返ってきた。

「うーん……理由はいろいろあるけど、一番はそうね……やっぱり、試したいことがいくつかあったから、かな？」

「試したいこと？」

何を試すんだ？

「それはまだ言えない」

今度の返事はすぐだった。

それに対して、俺は眉をひそめて応じる。

「たぶん、あんたにはそのうち言うことになるから待ってなさいな」

「本当かよ……？」

「ええ。でも、そうね……さっきの質問の答えを知りたいなら、次のバトル勝つことね」

「……なんでそうなるんだ？」

バトルには……というか、トーナメント自体には興味がないはずだが……。

そう考える俺に、彼女はくすりと笑う。顔に出ていたかな。

「次のバトル、勝ったほうに教えるつもりでいるからよ」

「余計わかんねーんだけど？」

「その理由は、勝っても負けてもわかるから安心していいわよ」

「何に安心するんだろうな……」

聞きたいことにはまともな答えが得られず、俺の疑問は深まるばかりだ。あれこれと察する頭脳が俺にあればいいんだろうが、あいにくとこの手のことが苦手すぎてどうしようもない。本当に、彼女は一体何を考えているんだろう。

考えてもしゃーなしだとはわかっちゃいるが、気にはなるからままならない。とにかく、空さんとのバトルで負けるわけにはいかない理由が一つ増えたわけだな。

うーん、興味がないとはいえ、転生できるってなったら、もうちょっと頭の出来はいいものにしてもらったほうがいいかもしれない。

「それじゃ、私行くから。ポイント、ちゃんと分けときなさいよ」

「お、おう……」

そういえばまだ振り分けてなかったな。見透かされてるのか、これ。

どうしたものかと考え始めた俺の隣を、湊さんが通り過ぎていく。そのまま離れていくかと思っていたが……。

「最後に一つだけ」

「んん？」

不意に足を止めて、湊さんはちらりと横目で俺を見た。

「あの空という人の能力は、恐らく『動きを止める』能力よ」

「……え？」

なんだって？

「攻撃を防いでいるのは、あくまでその攻撃の動きを止めているだけ。攻撃に攻撃力は残る。だから流れ弾に威力が残っていた。最初の一撃以外私が直接関与しなかった墓石を止めていたから、対象は攻撃に留まらないはず。攻撃には直接使えないけど、防御に回った時の性能は一級品。それが彼の動きを直《じか》に見て、感じた私の率直な感想よ」

「お……おう……」

その流れるような説明に、俺はそれだけしか言えなかった。あの決して長くはないバトルの中で、そこまで相手の能力を見極めたってのか!?

観客席から見ていたとはいえ、俺には攻撃を防ぐ能力にしか思えなかったんだけど……湊さんって天才なんじゃないだろうか……。

「あんたみたいに直線的な動きするやつは、きっとろくに攻撃を当てられないわ。せいぜい考えることね」

「……俺がそれ苦手って、とっくにわかってるくせに」

「もちろん」

笑いながら、湊さんが答えた。

……ここでもちろんって来なくてもいいだろーっ？

「一応、弱点らしきものもありそうだけどね。時間も距離も結構あったのに、隠しておいた手りゅう弾の爆発をほとんど防げていなかったから。たぶん、本人が認識できている動きにしか効果がないと思うわ。勝負するなら奇襲か、大規模な攻撃で圧殺するのがセオリーじゃないかしら」

「………………」

もはや、俺は返事をすることすらできなかった。

どうしてそこまで俺に教えるのかという疑問もあるにはあるが、それより彼女がどこまで物事を見ているのか、そのスケールの大きさに圧倒されてしまったのだ。

うん……これ間違いないわ。このリーグで一番強いのは湊さんだ。俺とか、完全におこぼれにあずかっただけだ。

能力を使わないで空さんをあれだけ圧倒して、おまけに能力まで見破って。どんだけだよ、マジで。

「それじゃあね。健闘を祈るわ」

そう言って俺に背を向けた湊さんは、今度こそ足を止めずに去っていく。

俺にできたのは、そんな彼女にぎこちなく手を振ることだけだった。

*

俺が正気に戻ったのは、イメちゃんが声をかけてくれてからだ。

いやー、我ながら情けないとは思うが、察してくれよ。無言……ではなかったけど、こう、オーラみたいなものを感じたって言うかさ。ああいうのを気圧《けお》されたって言うのか？

一番気になっていた質問に対する答えがもらえなかったのは癪だが、勝ったら教えるという言質は取ったので、織江ちゃんのためにも空さんを倒すことに専念しよう。

というわけで俺は今、指定されたポータルの前の廊下に座り込んで、ポイントの割り振りを考えている。

中だと、うっかり空さんが時間内に来ただけでバトル始まっちゃうからな。

「パッシブにスキル振ったほうがいいってことはなんとなくだが見えたから、そっちを重点的にやるかなー」

武器を考えてもいいけど、やっぱり武器を手放しちまった時のリスクがあるからなあ。

織江ちゃんの聖水剣みたくフレアロードで火の剣を作るのもありだとは思ったが、水と違って質量がない火じゃモノを使った攻撃を防げる気がしないのでやめることにした。剣のスキルをそこに振るのも無駄な気がしたし。

あ、そうそう。前回織江ちゃんとのバトルでもらったポイントは、なんと約四〇〇〇〇だった。前回と比べると二倍とまではいかないが、それに近い数だ。

どうしてこんなに違いが出たのか不思議だったが……。

「同じ『勝ち』でも、その内容によって獲得できるポイントには差が出ます。先に相手にダメージを与えてつく初手ボーナスや、連続してダメージを与えてつくコンボボーナスなどがありますからね。結果よりも、いかに優位に戦っていたかでポイントが入るようになっているんですよ。それは、負けた場合も同じです」

イメちゃんが言うには、そういうことらしい。

コンボボーナスだの、ファーストアタックボーナスだのって、間違いなく格ゲーだよな。本当に細かいところまでゲームだなあ……。

しかし前回と違って、スキルを振る時に使うポイント数が増えている項目は多いからな。使えるポイントが多いことは、素直に喜んでおくべきなんだろう。

「えーと、まず道具をそろえよう」

というわけで、使い切った分のライターを調達。

それから、ライフ回復用にゼリー飲料。今回はリンゴ味にしてみた。回復量に違いが出るのかわからないけど、もしあるなら一番効果のあるやつを探しておきたいところだ。

それらの買ったものをアイテムボックスに放り込みながら、ふと気づく。

「……そういや、前回買った油、全然使わなかったな」

ぶち当たったフジヤマエリアが、そもそも油を出したりしまったりして戦うには不向きだったってこともあるんだろうが……その、あれだ。

うん、完全に忘れてたよね。

「一応、今回も残しておくか。何かに使えるかもしれないし」

こうして、アイテムボックスの中身は前回と同じ陣容で固まった。

うん、我ながら考えが浅い。自分が考え付けるマックスがここだと考えると、悲しくなってくるが……アイテム以外のところでそれはカバーだ。

スキル。うん、スキルをどう振るか。

まず最初に目を付けたのはもちろんパッシブスキル。今回はその中でも、追加パッシブ系だ。

「**【銃撃ダメージ軽減】**。これはぜってーいる！」

何せ空さんの戦い方は銃がメインだ。湊さんのロケットランチャーや織江ちゃんのタンクローリーの例もあるから、なんなら戦車とか出てきても俺はもう驚かないが。

ともあれやはり相手はマシンガンと、それから恐らくだが拳銃を使ってくるだろう。これに対するダメージを軽減するのは、必須と言える。何せ俺は武器を持たないからな。

あとは、**【爆発ダメージ軽減】**。これもほしい。

空さんが手りゅう弾を使うことは確認済みだし、一発の威力の高さから、今後こういうので攻撃してくる相手が出てくる可能性もある。

世の中には「当たらなければどうということはない」という名言があるそうだ。戦争で活躍した偉人の発言だったと思うが、ぶっちゃけ今の状態で当たらず相手に接近する手段は思いつかない。

っつーか、そもそも能力的にそんなこと不可能なので、耐えながら突入スタイルを貫く方向だ。

二つのダメージ軽減は、最低でもレベル2まではほしいな。とりあえず、九〇〇〇はこれで確定かな。

次は……そうだな、ステータス底上げしとくか。

今レベル2まで取ってる**【攻撃力アップ】**、**【防御力アップ】**、**【素早さアップ】**、**【動体視力アップ】**、**【筋力アップ】**、**【体力アップ】**、**【ライフアップ】**、**【反射速度アップ】**の八つをレベル3まで上げよう。

それぞれ必要なのは三〇〇〇だから、さんぱにじゅうしで二四〇〇〇ポイント。さっきの九〇〇〇と合わせても、まだ五〇〇〇以上あるわけか。

まだ取ってないステータス系のスキルってあったかな……。

……**【思考速度アップ】**か。うーん、どういう効果なんだろうな、これ？　思考アップなら単純に頭がよくなるのかと思うんだけど、速度……？

まあいいや、これは置いとこう。

となると……待てよ、たまには防具のほうも気にしてみるか？

今のところ、織江ちゃん以外に防具にポイントを使ってそうな参加者は見てないけど……。いや待て、もしかして、行動に支障が出ないような、アクセサリの類をこっそり身に着けてる可能性はあるんじゃないか？

たとえば、指輪とか腕輪なんかはバトルの支障にはさほどならないはず。ゲームで言えば、なんたらの腕輪とかそういうタイプのやつ。

よし、まだ時間はあるしちょっとこっちも見てみるか。

「……ん？」

そう思ってカタログを開いたところで、俺は手を止めた。

そこには、「ただいま防具セール中」という、最初……というかライターとかを買った時にはなかったはずの文字があったのだ。

セールという言葉の意味は、今さら考えるまでもない。安売りってことだろう。

実際、並んでいる商品の値段が少しだけ安くなっている。一〇〇〇〇ポイントの鎧が、八〇〇〇ポイントに書き換えられているのを見ると二割引きか。

「……え、これ全部？　もしかして、防具全部？」

ざっと画面をスクロールしてみたが、どうやら防具全部らしい。マジかよ。

防具に対してこれがあるってことは、武器や他の道具に対しても割引されることがあるとみていいだろう。どのタイミングでされるかはわからないが、それでもこのタイミングに当たることができたらかなりラッキーだ。

そしてそこまで考えたところで、俺の脳裏で一つの考えが閃《ひらめ》いた。

「……湊さんがやたら大量の武器を持ってたのはそういうことか？」

特に、空さんとやりあったさっきのバトルでは、かなりの量の銃火器を使っていた。きっとセールのタイミングに買い込んだんだろう。抜け目のない彼女のことだ、時限のイベントということをさっと見抜いたのかもしれない。

そうか……こういうやり方もあるのか。一つ賢くなった……これからは、メニュー開いてからまずはセールがあるかないか確認しよう。

さて、落ち着いたところで改めてカタログを。

鎧、兜《かぶと》といったいかにもなところはスルーして、それから服とか衣装の部分も無視。んで、アクセサリだが……。

「……おっと、アクセサリは防具扱いじゃないのか」

値段が据え置きだ。

うーん、仕方ないか。ここは勉強料と思ってガマンだ。

「で？　えーっと、何か俺に合いそうなやつないかな」

そうつぶやきながら画面をめくれば、あるわあるわ。最初にもっと確認しておけばよかったと後悔するレベルの量のアクセサリが盛りだくさんだ。ありすぎて全部見るのはできそうになかったので、とりあえずソートを値段の安い順にして見ていく。

……うーん。

結果から言うと、やはりアクセサリにはスキルが付いてたりするやつがいくつもあった。ただ、値段が安いやつには付いてないのが多いし、付いていてもあまり効果が高くないやつがほとんどだ。

まあ、当然と言えば当然だ。詐欺でもない限り、値段が高いほうが物はいいに決まってる。

うーん……どうすっかな。残り五〇〇〇程度で手に入るいいものって……。

「……おっ？」

と思っていると、一つの品が目に入ってきた。何か惹《ひ》かれるものがあって、思わず手を止める。

それは、タカの意匠が施された指輪だ。ところどころに赤い模様が走っている以外に目立ったデザインはなく、シンプルだけどかっこいい。そんな感じの逸品だ。

「レッドホーク……**【ジャンプ力】**、および**【は式剣術スキル】**をレベル1分上昇か」

ってことは……、レベルが2だった場合、レベル3分のパワーを発揮できるってことかな。

……いいんじゃない？

剣を使う予定はないけど、むしろこれでフレアロードを剣っぽく使う都合はついたようなもんだ。

ジャンプ力もないよりはあったほうがいいだろう。何気にこのステータスはスキル振ってないし。

っつーか、何よりデザインが気に入った。

値段も五〇〇〇と、ぎりぎりだが何とか買えるし……うん、ここは買っちゃおう！

「購入！　……おー、出た出た」

出てきた指輪を手のひらに載せて、改めてその姿を確認する。

廊下の明かりを受けて光を反射する、銀色のリングは渋い。赤い模様はいいアクセントになっていて、俺の能力フレアロードの火を思わせる。そして、刻み込まれたタカのデザインが何よりもかっこいいぞ。

早速それを利き手の右中指にはめてみる。サイズを気にしてなかったから入るかどうかちょっと不安だったが、勝手に俺の指のサイズになってくれたのにはちょっと驚いた。何でもアリかよ死後の世界。

さてそれから、指輪をはめた右手を明かりにかざしてみる。逆光になるが、影を帯びたこのタカの表情がまた何とも言えない。

うん。

いいんじゃないでしょうか！

ふふふ、なんか思わず笑いが……。

「あ、ひょっとして……君が次の対戦相手？」

なんて思っていると、そう声をかけられた。

慌てて居住まいを正してそちらに身体を向ければ——そこにはあの、やせぎすな身体を迷彩服に包んだ空さんが立っていた。

第22話　予選 11

「あ、はい、そうです」

とりあえずそう答えて、小さく頭を下げる俺。

そんな俺を見て空さんは、

「ドーモ、アキラ・リョウ＝サン。ソラ・エイジです」

そう言いながら顔の前で両手を合わせお辞儀してきた。

……えーっと。どっかの流派の作法かなんかだろうか？

よくわかんねーけど、あいさつされたわけだし返事はしないとな……。

「ども、明良亮ッス。よろしく」

そう答えて、もう一度頭を下げた。今度は、さっきより深めに。

「……違ったかー」

顔を上げれば、そこには苦笑しきりの空さんがいた。

……えっと。あの、マジで何がどうなのかわかんねーんだけど？

「ああいや、気にしないで。もしかしたら通じ合うものもあるのかな、って思ったら確かめてみたくなっただけだから……」

顔にセリフが出ていたのか、空さんは俺に首を振った。

何なんだこの人は。織江ちゃんも大概だったが、この人も相当おかしな人だな。

はっ、いや、待てよ。もしかしてこれは俺に対するけん制か？　なるほどな……既に戦いは始まっているということか。まったく油断ならない人だな！

だがその手はくわねーぜ！

「ぼくは中に入るけど、君はどうする？」

「え？　あ、うん、今入ろうと思ってたトコっすよ」

「じゃあ、入ろうか」

空さんはポータルの扉を開けて中に入る。そしてそのまま、扉を開けた状態で俺を待つ。礼儀正しいんだか悪いんだか。

俺は注意深く空さんを観察しながら中に入った。

しかし……ポータルの中は、どこも同じ造りだなあ。何かバリエーション持たせればいいのに。

『おっと、両選手同時に入場です！　最低限の時間は経過していますので、早速バトルとまいりましょう！』

壁に掛けられたディスプレイから、あの司会の声が響く。

「今度のエリアはどうなるかなー」

隣から、空さんの独り言が聞こえてきた。

俺も同じことを考えていたところだ。できれば、フジヤマエリアは二度とやりたくないが……決定は運だからな。

『赤コーナー！　明良亮選手！』

大歓声。

おお、マジで。俺にも遂に固定ファンがつきましたか！

『青コーナー！　空永治選手！』

大ブーイング。

……相変わらずの不人気だな。このトーナメントの観客的に、あの不意討ちは最上級の違反行為だったりするんだろうか。

あ……空さんすげえ顔で肩すくめてる。さすがに自分がしでかしたことが何を引き起こしたか、しっかり把握してるんだな。ここまでなるとは思わなかっただろうけど。

『さあぁァ両者とも！　転移装置にあがってください！』

司会の言葉を受けて、俺たちは装置の上にあがる。さて……ルーレットは、っと。

『ルーレット開始ィ！』

そして司会が手を掲げながら宣言、エリア選定のルーレットが動き出す。

待つこと数秒、結果はすぐに画面に表示された。

『フォレストエリア！　でェェーッす!!』

それは、いろんな植物で彩られた森だった。なるほど、フォレスト。

ん？　いや、ちょっと待ってくれ。俺は思わず空さんに顔を向けた。

彼は迷彩服に身を包んでいる。あれを着ているだけで、相当有利になるんじゃねーか？

いや、場所はマップでわかるけど、細かいところまではわからないし。フェイスペイントなんてされたら、まず目じゃ見つけられないんじゃゃ……。

「お手柔らかに頼むよ」

俺の視線に気がついたのか、空さんがうっすらと笑いながら俺に顔を向ける。その笑みはあれか、余裕の笑みってやつかっ？　くうう、だがそんなことをしてられるのも今のうちだぜ！

「そっちこそ、正々堂々頼むぜ」

俺の言葉に、空さんが少し表情を硬くした。

俺はあんたの所業を全部見てるんだ。持っている情報では圧倒的に俺のほうが有利！　なはず！

『さあ、転移が始まるぞ！　両者、準備はいいかあー!?』

俺たちの会話を遮る形で、司会がハイテンションで呼びかけてきた。

もちろん、準備は万端だぜ。さあ、転移だ！

そして俺の視界が、白い光で満たされていく――。

*

光が収まって目を開ければ、そこはどこからどう見ても森だった。

街路樹とは違って、居並ぶ木々に法則性はまったくない。間隔も種類も、全然違うものばかりだ。その周りには、そんな木たちに寄り添うようにしていろんな植物が生い茂っている。豊かな森なんだろうなあ。

そんな場所の一ヵ所、少しだけ開けた場所に俺はいる。

どうも不自然すぎるレベルで何もないので、転移先としてこういう風になっているのかもしれないな。

「さて……どうしたもんかな」

一通り周りを見渡す。うーん、植物ばっかりだ。先が見通せない。

とりあえず、こういう時はマップだな。

「えーっと……あっちか」

マップが示す空さんの方向に顔を向け、俺は一人頷く。

問題は、そっちに進んでちゃんとまっすぐ歩けるかだな。俺、自分のことは方向音痴ではないと思っているけど、こんなところ歩いたことないからなあ。

一応太陽は見えるんだけど、この死後の世界で太陽が南を通って移動するのかは疑問だ。当てにはしないほうがいいような気さえする。

「マップを開いたままで進むか。これなら確認しながら進めるはず」

やったことはないけど、なんかできる気がした。

そして予想通り、それは可能だった。これは便利。こういうマップの時はこのスタイルで行こう。

「うべっ！」

と、思った矢先、俺は地面から露出していた木の根っこにつまずいて転んだ。

……なるほど、こいつは盲点だ。

立ち上がりながら、うーんとうなる。うなったところでどうにかなるもんでもないんだが。

そうだよなあ、マップ見ながら歩いてたら、足元がおろそかになるに決まってる。こんなところだし、余計だ。

とりあえずマップは消さないけど、少し歩いて確認して、かな……。

おっと……空さんが動いてるな。俺との距離はほとんど保ったままということは、何か考えがあるんだろう。警戒は怠らず、彼に向けて直進と行こう。

だが、すぐにそれを実行することはできなかった。

「ぐ……っ!?」

右肩に突然衝撃を受け、俺の身体は後ろに弾かれて倒れた。と同時に、後ろの木に何かがぶつかる衝撃と音が響く。

「なんだっ!?」

直後にその場を転がって移動しつつ、背後にあった大きい木の後ろに回って座り込む。

攻撃を受けた！　そう考えて間違いない！

けど、離れたところからどうやって攻撃を？

考えながら衝撃を受けた右肩の辺りに目をやれば、そこには傷一つない。何もされていないようにしか見えないが、それは絶対にありえない。この身体は相変わらずだな。

次に頭上を見る。そこには、バトル中のみ表示されるライフゲージ。ゲージは、少し減っている。そう、ダメージを受けたのだ。

スキルでだいぶ底上げされているから、目で見た程度が具体的にどれくらいのダメージになっているのかはちょっとわからないが、ダメージはダメージだ。

かなり距離があるはずだが、それでもこの距離を無視して攻撃しうる手段を、空さんが持っていることは間違いない。

そこでさっきの疑問に戻る。どうやって攻撃を？

俺は、攻撃されることを覚悟で背にした木に振り返る。そろりと顔を出して、さっきの衝撃と音の原因を探……そうとしたところで、銃声が聞こえてきた。思わず再び木に隠れる。

けれど今度は、待てど暮らせど何もやってこなかった。

「……？」

不思議に思って、そろそろともう一度木から顔を出す。そのまま盾にした木の表面に目を向けると……果たしてそこには、それが突き刺さっていた。

「これは……」

引っこ抜いて手のひらに転がす。

それは、銃弾だった。だが、ただの銃弾じゃない。

細長い。俺が知っている、いわゆる拳銃のものではないことは明らかだ。銃火器には詳しくないが、こんな形の銃弾が飛んでくる攻撃はなんとなく察しがつくぞ。

「狙撃か！」

言いながら、俺は無意識のうちに銃弾が飛んできたほうへ顔を向けた。

あいにく映画とかゲームで狙撃しているシーンしか知らないので、どれくらい距離を取って攻撃ができるかはわからない。だが、これでマップ上で空さんが俺から距離を保ったまま移動し始めた理由はよくわかったぞ。

つまり、この距離が狙撃できる距離なんだろう。このギリギリのところを保ったまま、近づいてくる俺を一方的に攻撃する。そういう魂胆だな？

こっちから遠距離攻撃をしかけたとしても、空さんの能力は守りに対してはめちゃくちゃ優秀だ。よほどのことがない限り防いでしまうだろう。

これ以上は考えるまでもない。このフォレストエリアというバトルエリアは、空さんにとってめちゃくちゃ戦いやすいシチュエーションなのだ。

「……？　弾丸が一つしかない……？」

どうしようか考えていたが、ふとおかしなことに気がついた。

いきなり弾丸が飛んできたのはよくないが、まあいいとして。あとから銃声が聞こえたってことは、二発分あってもいいはずだと思うが……盛大に外してどっかに飛んでいったか？

「……って、それよりもここから離れるのが先か」

視界の端に置いていたマップは、空さんが移動中であることを示している。攻撃できる位置に移動しているんだろう。

このままここで立ち尽くしていて好き放題撃ちまくられるわけにはいかない。俺は立ち上がり、できるだけ姿勢を低くしてジグザグに動きながら空さんのほうへと走り出した。

低姿勢とジグザグ走行は、こうすれば少しは当たらないだろうっていう考えだが、どこまでうまくいくかは謎だ。

そして少し進んだところで、前方で何かが光った。

と思った瞬間、疑問を感じる間もなく俺の目が飛んでくる小さい物体を認識する。

間違いない、銃弾だ！

「ぐおおう⁉」

俺はそれを、かろうじてのところで上半身をねじって回避した！

だがその代償は大きく、身体のバランスを崩してしまう。とくれば、足場の悪い森だ。俺はそのまま、足と足が絡まった人みたいにごろんごろんとその場で転んだ。

なんとか体勢を整えようと身をよじり、少しでも遮蔽物になりそうなものが多い方向へ転がっていく。

その途中で一発の銃弾が襲ってきたが、これが当たらなかったのは純粋にラッキーだ。

「くーっ、きっついなあ！　あれをかいくぐって接近なんてできるかあ⁉」

体勢を整え、それから毒づく。

もちろん、できるか、ではなくやる、なんだけど。

ただ、さっきの攻防で少しわかったこともある。

たぶん。たぶんだが、身構えている状態で真正面から狙撃された場合、今の強化された俺の身体能力ならかろうじて回避できる。

反射速度や動体視力の強化が、間違いなく効果を発揮しているのだ。狙撃なんて想定していなかったから、我ながら嬉しい誤算である。まあ、二発目は完全に運だったわけだが。

……繰り返すが、たぶんだ。本当にそうなのかはわからない。ただ、銃の攻撃は仕組みで行われるもの。人間が直接やっている攻撃じゃないから、速度や威力の手加減はできないはずなんだ。あの速度より速くなることはない……はず。

そう考えれば、決して勝機がないというわけではないと思うわけだ。

「……行くしかない！」

このままじゃまた距離を取られる。そうはさせるか！

俺の乏しい知識の中では、狙撃はピタリと静止した状態でするもので、動きながらできるものではない、というイメージだ。

こっちが動けば、少なくとも狙撃ポイントはある程度変える必要が出てくるだろうし、そうなれば簡単に狙撃は連発できないはず。俺がつけ入ることができるのは、たぶんそこだろう。

俺はちらりとマップを見て、互いの距離を確認したうえで小走りにそこを離れた。

直後、銃声が二連続で聞こえてきてすぐに隠れる羽目になったけど。

とはいえ、やはり銃弾は襲ってこなかった。また明後日《あさって》の方向に撃ったのか？　いやもしや、銃声より弾丸のほうが速い、とかか……？

第23話　予選　12

何はともあれ、慎重に空さんに向かって進むことしばし。狙撃された回数は両手では数えきれなくなった。

うち、回避することができたのは半分ちょいだ。俺としてはもうちょっと回避できると思ってたんだが、なかなかうまくいかないもんだ。

……とは言ったが、実際はちょっとした誤算があって回避に失敗している。

その誤算というのは――。

「くうっ⁉」

突然目の前から飛んできた銃弾を、なんとか伏せてギリギリで回避する。それから横に転がって、追撃を防ぐ。

茂みに隠れて、一旦向こうの出方をうかがう。そうやってしばらく待っていると、遅れて銃声が聞こえてくる。これを結構な回数繰り返してきたわけだが……。

「やっぱり、気のせいじゃねーな。銃声より弾丸のほうが速い」

チッ、と舌打ちしながら俺はがしがしと頭をかいた。

そう。誤算というのはこれだ。狙撃の際に、銃声が一切聞こえないのだ。聞こえないわけではないが、必ず弾丸の後に聞こえてくるから意味がない。せめてちゃんと聞こえるなら、もうちょっとなんとかなったとは思うんだが。

どうしてそうなっているのかはわかっていない。何かしらアイテムを使っているんじゃないかとは思うが、道具で銃声って遅くできるもんだろうか？

「けど、もうちょっとか……」

とはいえ、だいぶ距離は詰めた。森じゃなかったら、狙撃するような距離じゃないくらいまでのところまでは来た。もう少し追えば、直接対峙《たいじ》できるはず。

考えながら、頭上のゲージを見る。まだ四分の三くらい残っている。いやはや、パッシブスキルに大盤振る舞いして正解だ。これなら、まだ回復する必要はないな。

「……うし、行くか」

また少し離されたが、三歩進んで二歩下がるって感じだ。確実に近づいてはいる。

俺は茂みから出て、また走り出す。

それからしばらく進んで、俺はふと首をかしげた。

「飛んでこねーな」

そう、銃弾が飛んでこなくなったのだ。

狙撃を諦めたか？　それとも、単純に弾切れか？　あるいは、別の思惑があるのか？

俺としては弾切れを期待したいところだが、織江ちゃん相手にあれだけ立ち回った空さんのことだ。きっと何か考えがあるんだろう。

俺は改めてマップを見る。もう空さんとの距離はめちゃくちゃ近いと言っていいだろう。今のままでは、俺と彼の表示がかぶっていて正確にわからない程度には近い。

このままだと距離感がわからないので、マップの状態を拡大して使うことにした。

あ、これはイメちゃんからの情報な。画面出しっぱで行動してて初めて気づいたんだけど、メッセージ機能って画面開いてる時に新しいメッセージ来るとちゃんとアラートで教えてくれるんだぜ。

「⁉　めっちゃ近……」

「動かないで」

「ッ⁉」

突然後ろから声がして、振り返ろうとしていた俺は硬直した。考えるまでもなく、空さんだろう。

拡大したマップには、俺の後ろに彼がいることになっていた。どうやら気づくのが少し遅かったようだ。

身体を少しひねった状態で横目に見れば、少しだけ空さんの姿が見える。顔まではわからないが、至近距離で頭に拳銃を突きつけられていることはわかった。

……随分とでかいリボルバーだ。なるほど、動かないで、な……。

「……いつの間に」

「引きこもって隠れるのは得意でさ」

まあ、確かにアウトドア派には見えない。

しかしどうするか……。頭に銃弾を食らって、どれだけライフが減るのかわからないんだよな。あと今になって気づいたんだけど、俺、今回ライター出すの完全に忘れてたわ。これじゃフレアロードを使うにも使えない。

一旦彼から距離を取らないとな……。せっかく近づいたのに俺のバカァ！

「うーん……明良君、よっぽど防御にステ振ってるんだね。意外と堅実だなあ」

そんなことを言われて一瞬なんのことだと思ったが、すぐにライフの減りについてのことだと察する。

無音の、しかも森からの狙撃をそこそこ回避できているとは思っていないのだろう。死んでいる俺たちが、攻撃の跡が残らない身体だから勘違いしたか。

まあ、防御にかなりポイントを割いてるのは本当だが、実際のところ俺はオールラウンダー的にまんべんなく振っている。残念ながら空さんの発言はハズレと言っていいだろう。

俺のスタイルは器用貧乏と言われるかもしれないが、全体を底上げしておかないと俺みたいに考えの浅いやつは、何もできずに負けると思うんだよ。湊さんくらいの頭脳があれば、もうちょい極端な振り方も気にせずやれるかもしれないけどさ。

「さすがに頭に食らったらどうなるかわかんねーけどな」

「だろうねー。普通なら一気にライフゼロ近くまでなるから、こうやってフリーズかけたんだけど……マズったかもね。なんか普通にカウンター食らいそうだ」

……バレてるか。

そう、たぶん一発食らっても即ＫＯではないと踏んで、俺は反撃のタイミングをうかがっている。この人もなかなか頭よさそうだな。

「でも頭に一撃入れられれば、ぼくがもっと優位になるのは間違いないからね。悪いけど、負けたくないんで」

そう言うと、空さんは俺の返事も待たずに躊躇なく引き金を引いた。

だろうな！　あんたはそう来ると思ったよ！　あの状況で織江ちゃんに不意討ちをしかけたあんたならな！

いつ引き金を引かれてもいいように警戒していた俺は、彼の指の動きが始まると同時に脚に力を込めてそこから飛びのく。それと同時に、拳銃から弾丸が音もなく発射された。

無音!?　そんなバカな！

驚いて、思わず俺は身体の動きが鈍る。そんな俺の額を、弾丸が掠《かす》めていった。あっぶねえ！

けど、おかげで正気に戻ったぜ！

「おらぁっ！」

カウンターのハイキックを食らえ！

「絶対王権《ロイヤルガード》！」

「ッ!?」

空さんが言うと同時に、俺の身体は突然動かなくなった。せっかく出した蹴りも、彼の目前でピタリと止まってしまう。

正確に言えば、動かないのは蹴りを放った右足だけではある。だが、ハイキックをかました状態でその足が動かないとなると、どのみち動くことはできない。

「残念。面と向かった戦いで、ぼくに攻撃を当てるのは難しいよ？」

空さんがにやっと笑った。その瞬間、引き金を引いていないのに銃声が鳴る。

すぐに避けようとしたが……くっ、ダメだ動けない。動かないのは蹴りを放った足だけではあるんだが、空中に上げている足をそのままにしてこの場所から移動するのはほぼ不可能だ。

そんな俺を悠然と眺めながら、空さんは蹴りの動線を潜り抜けて近づいてくる。そのまま動けない俺の顔に銃を向けてきた。

「それじゃ、今度こそ！」

「うおおおあああーっ！」

今度は普通に銃声が鳴り響き、弾丸が俺の顔面を貫通した！

その瞬間身体の硬直が解け、足が何もないところを薙《な》ぎ払《はら》う。

だがどうやら、思った通りヘッドショット一発では俺のライフを削りきることはできないらしい。

「……うそっ⁉　頭に当てたのに！」

「こなくそっ！」

「っ、絶対王権《ロイヤルガード》！」

攻撃が当てられないなら、とばかりに俺はしゃがんで土をつかんで空さんにぶちまけた。目くらましになればいいと思ったが、彼はそれを能力で防御した。スキありだ！

空中で止まった土の横をするりと抜ける形で空さんの懐に潜り込み、利き手のボディーブローをお見舞いする！

よし、入ったッ！

「うぐっ……、くっ、王権発布《ファーストドミニオン》！」

「ぬお……っ!?」

だが直後、完全に俺の身体は動かなくなった。右手を突き出したままの状態で、固まってしまう。

さっきとはまた違う、んだな!?

そうか……これが湊さんの言っていた「動きを止める」能力！　攻撃だけじゃない、相手の行動すら止めてしまう、そういうことか！

って待て待て、感心してる場合じゃない！　この状況、袋叩《ふくろだた》き間違いなしじゃん！

「銃が効かないなら……！」

わっ、ちょっ、待って！　タンマタンマ！

銃を向けながらも、空さんは手りゅう弾を取り出す。爆破する気かよ！

……っていうか、動き完全に止められてるから口も動かないのか！　いや、言えたところでこの人はやめるような人じゃないだろうけど……って、うわーっ!!

ばくはつ！

「ぐへぇっ！」

吹き飛ぶと同時に、能力の効果が切れたのだろう。木に激突した俺の口から、声が漏れた。

だが、身体はまだ動く。いつも酷使させていただいてありがとうございます、死後の世界！

そして……ふふふ、手りゅう弾による攻撃も予測済み！　爆発に対する防御スキルを持ってるんだ、ライフが減っていても一個くらいの手りゅう弾じゃ即死しないぜ！

「うっそお!?　手りゅう弾まともに食らってまだライフゼロにならないの!?」

空さんもびっくりしてる。うん、俺も結構驚いてるが、今はそんな場合じゃない。煙で視界が悪いうちに、ライターを出……そうとして止め、逃げる！

なんで逃げるかって？　ふっふっふ、いいことを思い付いちまったのさ！　なーに、詳しいことはまた後でな！

「くそっ、待てっ！」

後ろから弾丸が飛んでくる。今度も銃声つきだ。あの完全停止の能力は、近くないと使えないのかもな。

それに、空さんの持っていたのは装填数の少ないリボルバー。すぐに弾切れになって、飛んでこなくなった。

この隙に、一目散だ！　あんな能力を使う相手に、至近距離から攻撃できるか！

＊

ふう……ここまで来ればいいだろう。

表示サイズを戻したマップでは、俺からかなり離れたところに空さんがいる。あまり動く気配がないのは、狙撃に戻ったのか、それともこのまま放置すれば時間切れで勝てると踏んだのか。

まあいい。どっちにしても、これから俺がやろうとしていることは近づかれないほうがいいからな。

「その前に……」

ライフを見れば、俺のライフはレッドゾーンだ。これ以上攻撃を食らったら、真面目にアウトなレベル。

というわけで、まずは回復だ。アイテムボックスから、アレを取り出す。

十秒チャージ！　うまいっ！　よしっ!!

「……うん、リンゴ味もなかなか」

ライフを確認。約半分……ふむ、当然のように全回復はしないか。そりゃそうだ。

うーん、これからは複数持ち込んだほうがいいかもな。前回はそこまで急じゃなかったけど、これくらい一気にダメージを食らう可能性はあるんだし。

まあ、それは後で考えればいい。

「さて、作戦開始と行くか」

俺はつぶやきながら、アイテムボックスから一斗缶を取り出した。

そう、前回織江ちゃんとのバトルでは使う機会どころか、その存在すら忘れられていたアレだ。

しかしまさかこんなところで使うことになるとはね。世の中、何がどうなるかわからないもんだ。

知っての通り、こいつの中身は油だ。と来れば、誰でも答えはわかるだろう。

森に放火する！

「ふふふ……あぶりだしてやんよ」

俺は悪い笑顔を作りながら、一斗缶を開封。とぽん、という音が響いた。

これを少しずつ、近くの木や茂みにかける。それが終わったら、封をしてアイテムボックスへ。

そして、ライターで着火！

「……おお、燃える燃える」

生木などはなかなか燃えないはずだが、さすがに油があると結構違うもんだな。

さて、これに俺のフレアロードを仕掛けて、火の持続時間と威力、さらに効果範囲を普通の火より高めておく。そうすれば……。

「よし、成功だ」

油をかけていなかった部分にまで、強化された炎が広がって植物たちを蹂躙《じゅうりん》し始めた。

これで、この場所は大丈夫だろう。少し動こう。

これが、先ほど俺が思いついた作戦だ。接近戦は、能力のおかげで俺が圧倒的に不利。ならばどうすればいいかと考えたところで、湊さんの言葉が脳裏をよぎったのだ。

『勝負するなら奇襲か、大規模な攻撃で圧殺するのがセオリーじゃないかしら』

奇襲は、遠距離攻撃の手段がない俺には難しい。気配を消したくてもできないし、こんな森の中じゃ、動けば必ず音を出してしまうだろう。

というわけで大規模な攻撃を考えたわけだが、その結果がこの作戦である。

バトルエリアへの放火自体は、織江ちゃんと空さんが戦ったキャッスルエリアでも思いついた。一度考えたことがあったからか、わりとこのアイディアはすんなり出てきてくれた。

作戦の目標としては、空さんを取り囲む形で火の包囲網を作ること。それができれば、あとはフレアロードで一気に中に火を送り込んで一丁あがりというわけだ。

そして実は、俺はフレアロードの影響で火によるダメージは一切受けない。つまり、この森が全部炎上しようと俺はノーダメージなのだ。実はこのエリア、無差別に攻撃していくなら俺のほうが圧倒的に有利なエリアだったらしい。

唯一心配があるとすれば、この森に生き物が住んでいたらどうしようか、ということだが……今まで走り回ってきて、特に生き物と遭遇することはなかったので、大丈夫だろう。

「よーし……そんじゃ行くか！」

俺は、空さんとの位置関係を気にしながら走り出した。

第24話　予選　13

「……よし、これで完成だ！」

森に火をつけて回ること数十分。俺は順調に空さん包囲網を構築し終わった。既に森には揺らめく炎の赤い光が隅々まで伸び、煙が充満し始めている。

途中で油が切れた時はどうしようかと思ったが、その頃にはもう油なんて必要ないくらい火がたくさんあった。

赤々と燃え盛る炎をバックに、マップを確認する。

空さんの位置は、当初からあまり変わっていない。森の異変に気がついた時には、既に俺を正面から突っ切らないとどうしようもないところまで来ていたのだ。

妨害もなかった。やっぱり弾切れだろうか？

……まあいいや。ここまで来たんだし、行けるところまで行ってやれ。

あとは、この一繋ぎになった円形の炎を、フレアロードで一気に拡張するだけだ。

俺は今し方繋げた炎に両手をかざし、完成形をイメージしながら全力を能力に注ぎ込む。

「フレアロード！」

その瞬間、炎が一気に勢いを強めた。大きさも、熱も、あらゆる部分が強化された火が、瞬く間に森の植物を飲み込んでいく。それはこの円形の外にもだが、圧倒的に中に進む量のほうが多い。

　ふっふっふ、いいねいいね。いい感じだぞ。

　まあでも、今の俺に炎を拡張し続けるだけの力はない。だから一度能力を発動させてしばらく休憩、というパターンを繰り返すことになる。

　ただ、休憩とは言ってもフレアロードの行使を休むだけで足は休めない。炎の拡張に合わせて、空さんのほうへと進むのだ。

　究極、フレアロードには攻撃力がない。炎を相手にぶつけることで発生するダメージは、あくまで炎が持つ熱によるダメージでしかないらしいのだ。だからできるだけ相手を直接炎上させるのが効率的で、そのためにはある程度近づく必要がある。

　ここまで火を広げれば大丈夫なような気もするが、俺と空さんのライフ残量の差を考えると、ここは危険を冒してでも接近したほうがいいと思ってな。

　マップは、早い段階で拡大モードへ移行している。さっきみたいなミスはもうしないぜ。

　タイムリミットまで、およそ十五分。それだけあれば、十分だ。ライターも手に持ったし、念のため予備もポケットに入れておいた。大丈夫、行ける。

　……しかし、こうやって炎をバックに前進する俺って、観客席じゃどんな実況されてるんだろうな。実況が漏れるなんて運営側のミスは二度とごめんだが、こういう時はちょっと気になるね。

「む、動き出したか」

　マップに映る空さんのポイントが、こちらに向かってくることに気づいて俺は身構えた。銃は、さすがに集中しないと回避できない。回復したとはいえ、ライフは半分程度だからな。食らわないに越したことはない。

「ぬおーっ!?」

と思ってたら早速一発きたあぁ！

無音の銃弾に対して、後ろに倒れることでなんとか回避。そのまま後ろ手に地面をついてブリッジ、それから横に転がる。

相変わらず速ぃ！　拳銃よりも速かったから、あれはスナイパーライフルだな？

弾切れじゃなかったか、くっそ！

弾切れだったらこの進撃も楽だったが、やっぱり現実はそうはいかないな。

遅れて届く銃声をよそにマップと実際を見比べながら、なるべく狙撃できない場所を選んで前へ進む。進みながらも、フレアロードはもちろん続ける。

火の回りが普通より速ぃからか、ところどころ燃え落ちた木が倒れてきて危ないこともあったが、気合があれば銃弾すら避けられる今の俺にとっては、倒木にはそこまでの脅威は感じない。

……二発目が来た。今度は正面ではなく、かなり横から飛んできたため回避が遅れた。直撃こそしなかったが、それでもダメージはダメージだ。

三発目。これは運よく外れ。それから燃える木の陰に隠れて、追撃を防ぐ。

「もう数発は大丈夫だな。……そろそろ突っ込むか」

空さんは、狙撃というスタイルから極力俺と距離を取ろうとしている。移動できる所はもうだいぶ限られているとは思うが、時間も残り少なくなってきたし、ここは仕掛けてみるとしよう。

「おらあぁぁっ！」

そうと決まれば、突撃あるのみ。俺はフレアロードを発動させながら、空さんがいるほうへ全力で駆けだした。四発目を走りながらもかわし、しかし速度は落とさず走る！

そして……。

「動かないで」

「うおっ⁉」

またしても死角（真後ろではないが）から突然銃を突きつけられて、思わず変な声が出た。

急停止してみれば、そこには空さんがスナイパーライフルでフリーズをかけている。……それでフリーズかけるとか、ゲームでしか見たことなかったよ。

「……まさか森を焼き払うなんて思ってなかったよ」

「たまたまいいものを持ってたんすよ」

深いため息をつく空さんのゲージは、半分くらいまで減っている。まだ俺のほうが少ないが、この火の海でやはり相当消耗したみたいだ。後はスキをついてとどめをさすだけだな。

俺は会話がもう少し続くことを願いつつ、周りで逆巻く炎を少しずつ操る。目標は空さん……ではなく、彼の持つ銃だ。見た目はそのままに、熱だけをできる限り高く持っていく。

俺たちの身体は熱によるダメージを感じないが、同時に熱も感じない。そのメリットを逆に利用するわけだな。

「しかも、まさか狙撃をかわしてたなんてね。どうりでライフの減りが鈍いわけだ」

「パッシブスキルメインに振ってるんで」

それだけじゃないけどな。でも、確かにインパクトの上では狙撃をかわすほうが大きいか。

「俺としちゃ、またしても死角とられたのが不思議っすけどね？　こんな森の中で完全に無音って、どういうことすか？」

もうちょっと粘りたいので、俺も少し聞いてみる。見た目は俺のほうが明らかに不利だからな、冥土の土産みたいな感じで教えてくれよ。

「無音じゃあないよ？　遅れて聞こえてるじゃない。ま、歩く時の音なんて微々たるものだけど。だからまあ、能力の応用、って言っておこうか。それ以上は言えないかな」

「そりゃそーっすね」

「君だって、能力のことは言えないだろ？　たぶん、火を操るんだと思うけど」

あ、はい、ビンゴです。当たりです。

まあ、ここまでやればわかるか。そんな俺の沈黙を、肯定と見たのか空さんが言葉を続ける。

「そんな君に聞きたいんだけど、この大火事を収めてくれないかな。ぼくとしては、このまま危なげなく勝ちたいんだけど」

「あー、それ無理っすわ。ここまで広がったら、もうどうにも」

「……まあそう言うよね、普通」

いや、マジなんだけどさ。信じてもらえないのも無理はないか。

「じゃあ仕方ない。悪いけど、これで本当に終わりにさせてもらうよ」

もう一度ため息をついた空さんは、一瞬申し訳なさそうに顔をゆがめた。が、すぐに表情を抑えると、トリガーに置いた指を引く。

……念のため、もうちょっと引っ張りたかったが、ここらが限界か。まあいいだろう。

俺は、絶対安全の確信をもって空さんに改めて身体を向け……直後、銃の暴発に巻き込まれて目を丸くしている空さんのみぞおち目がけて拳を叩きこむ！

へっ、やっぱり弾丸が暴発するくらい銃が高温になってることに気づかなかったみたいだな！

そりゃそうだ、何せそういう熱さ感じないもんなぁ、今の俺たち！

ちなみに、弾丸が暴発するくらい高温な銃を握っていたことで、空さんのライフは途中から急激に減り始めてたんだがこっちも気づかなかったかい⁉

「うぐぅっ⁉」

悲鳴と共に空さんの身体が少し宙に浮き、それから後ろへ大きくのけぞる。

「逃すかよ！」

この状況を見逃すほど、さすがに俺はお人よしじゃねーぜ！

「フレアロード！　モードッ、ラッシュ‼」

周りの炎を両の拳に集め、それでもって大量のパンチをお見舞いする！

「うおおおらあああぁぁーっ‼」

パッシブスキルによる攻撃力の補正、そして炎による補正がかかった連続パンチが次々に決まり、空さんのライフが見る見るうちに減っていく。

だが、途中で俺の動きが止まる。

「絶対王権《ロイヤルガード》！」

「特殊能力か！　動きを止める能力だったっけか⁉」

「やっぱりわかってたね！　でも、わかってたって防ぐ方法はない！　食ら……」

「それは俺のセリフだぜ！」

動けないながらも、俺は空さんの言葉を遮ってフレアロードを発動させた。身体を完全に止められるほうじゃなかったからできた芸当と言える。

対象は、もちろん周りで燃えている火。それを、空さん目がけて一斉に襲わせる！

「……っ！」

熱はもちろん、上げてある！　具体的な温度はわかんねーし、俺たちは熱を感じねーが、それだけの火に一斉にまかれたらダメージは相当だ！

そして火ってのは、やっぱり怖いものなんだよ。いくら俺たちが死んでたって、熱さを感じないからって、感性はほとんど生前のままなんだ。目の前に迫る大量の火を見て、ひるまない一般人なんているもんか。

もちろんひるむのは一瞬だが、その一瞬さえあればいい！

「うあっ⁉」

ギリギリのタイミングで能力による制止が解け、俺はラッシュを再開する。そして、空さんが俺にぶんなげようとしていた虎の子の手りゅう弾五連発を、彼の手から弾き飛ばす。離れたところで爆発が巻き起こった。

その爆風に耐えながら、全身の力をみなぎらせる。

行くぜ、とどめだ！

「せいやーっ!!」

俺は足にできる限りの炎を集めて、空さんの顎目がけてハイキックをぶちかました！

「グワーッ！」

その直撃を食らった空さんは悲鳴と共に、大きく吹き飛んで燃え盛る木に激突する。

そしてその瞬間、彼のゲージがなくなり、エリアの上空にでかでかと「YOU WIN」の文字が浮かび上がった。

っしゃあああ！　俺の、勝ちだ！

第25話　予選突破

気がついたら、俺たちは元いたポータルに戻ってきていた。

そして、いつも通りの司会の声で我に返る。

『勝者！　明良亮選手ー!!　全勝同士の戦いに勝ち、見事本選出場をもぎ取ったー!!』

ディスプレイからは、大歓声が聞こえてくる。

ふふふ、ちょっと……いや、かなり気分いいな、こういうの。我ながら単純な気もするが、嬉しいものは嬉しい。

まあ、どうせ喝さいを浴びるなら直にとも思うけど。

そう、俺は予選に勝ち抜いた。それも全勝で、だ。

うち一つは不戦勝のようなものだが、勝ちは勝ちだ。っていうか、彼女は全員に勝ちを譲ってるようなものだから、実質ノーカンでいいだろう。

ともあれ、予選突破だ。これで本選出場、ようやく本番が見えてきたな。

調子に乗りかかっていた俺は、視界の端で空さんが転移装置の縁に座ってがっくりとうなだれているのが見えて我に返る。

俺は、彼に勝った。だが、彼はどんなことをしてでも転生しようとしていた。勝負は勝負だが、そんな彼の目的を砕いてしまったのは、紛れもない事実なのだ。

「……負けたよ」

だが、俺がどう声をかけるべきか迷っているうちに、空さんが口を開いた。

「お見事だったね。最後はミスったなー……あそこは絶対王権《ロイヤルガード》じゃなくて王権発布《ファーストドミニオン》が正解だったよね……」

そう言って薄く笑う彼の表情は、やはり暗い。元々ほおがこけて痩せ細っていたからか、幽霊か何かみたいに見えるレベルで。

しかし声をかけられた以上は、俺も何か返さないとな……。

「いや、その、実際はどうかわかんなかったっすよ。効果が切れるタイミングを狙ってたわけじゃないし、ホントにギリギリのとこでしたよ」

「そういうリアクションがすぐに返ってくる辺り、君の性格がわかる気がするなあ……」

……ほめてる……のか？

さっき以上にどう返していいかわからず、口をつぐんでいると……。

『さて、ではこの後のことについて説明させていただきます！』

「おっと」

司会の人がいいタイミングで割って入ってきてくれた。……これ、もしかしてここの会話も聞こえてる？

俺がディスプレイに目を向けると同時に、空さんはのっそりと立ち上がる。

「……負けたぼくには関係なさそうだ。さっさと退散するとしようかな」

『この後、明良選手たちには本選についての説明が行われます！　第十二リーグ所属の四名は、現在明良選手がいる第三ポータルにお集まりください！』

「……え？」

「なんだって？」

俺と空さんは、司会の言葉にほぼ同じタイミングで声を上げた。

「今、四人ここに集まれって言ったの？」

「いや、俺もそう聞こえたっすよ」

「どういうことだろう？　予選敗退者に連絡入れるにしたって、わざわざ勝者と同じところでするのはちょっと不自然だし……」

「ですよねぇー」

司会の言葉の意味がわからず、俺たちは首をひねる。とはいえ当然だが、それで答えが出てくるはずもない。

しばらく実りのない話が続いたが、結局本当に意味がなかったので俺たちはそれについては考えないことにした。

そしてそれと同時に、扉が開いて湊さんがポータルに入ってくる。

「あ、湊さん」

「やあ」

「ええ。とりあえず、二人ともお疲れ様……とでも言えばいいかしら？」

俺たちの顔を見て、彼女はそう言ってうっすらとほほ笑む。

おお……そういう表情もできるんじゃないか。元々清楚《せいそ》な美人だから、そんな感じの顔をしていたほうがいろいろと得じゃないかなー。

「……よく来たな？」

「来ざるを得ないもの」

俺の問いに肩をすくめ、湊さんは壁に背を預ける。その顔は、先ほどまでとは違って不機嫌がありありと見て取れる。

まあ……トーナメントそのものを否定してる子だから、そうなりもするか。

とはいえ、この辺りのことはあまり追及しないほうがいいんだろう。俺はそうかと頷くだけにして、話を変えることにした。

「しっかし、なんで全員集めるんだろうな？　湊さん、何か知らないか？」

湊さんは頭いいからな。何か納得できる答えを持っているかもしれない。

そう思って聞いたんだが……。

「言葉通り、本選についての説明に決まってるじゃない」

それ以外に何があるんだとでも言わんばかりの調子で言われ、俺と空さんは一瞬言葉を失った。

「……いや、でもスズちゃん。ぼくたち負けた人間まで集める意味なんてないでしょ？」

先に回復したのは空さんだ。小さく首を傾げ、湊さんの様子をうかがうようにして聞き返す。

一方湊さんは、それを受けて小さくため息をついた。

「私たち敗退者も本選に出るのよ？　意味なら大いにあるわ」

そして、そう言った。その調子は先ほどよりも強く、さながらそんなことも知らないのかと言いたげだ。

だが、言われた俺たちはそれどころじゃない。ほぼ同時に素っ頓狂な声を上げ、しばらく硬直する。敗退者も？　本選に出る？　なんだそれ、そんな話聞いてないぞ⁉

「ど、どういうことだ？」

「ナニソレどういう意味？」

今度は、俺と空さん同時に回復した。そして、同時に湊さんに聞くことになる。

「全員揃ったらイメが教えに来るわ。どうせわかるんだから、大人しく待ってなさいよ」

が、今度は答えを返してくれなかった。

言いたいことはわかるが、わかるけどさあ、もうちょっとこう、言い方って言うか……。

「スズちゃん……君、何をどれだけ知ってるワケ？」

俺が黙ったのに対して、空さんは食い下がる。疑うような視線が、湊さんに刺さる。

だが、彼女は動じない。ふっと笑うと、やや顔を伏せて腕を組む。

「さあ、どうかしら。でも参加者の中で一番トーナメントの情報を知っているって自信はあるわ」

うわー、さすがにちょっとイラッときた！

でもその振る舞いがやたら堂に入ってるうえに似合ってるから複雑！

美人がやるとなんでも絵になるってのは本当らしいな……。

「……答えになってないんだよなあ」

「機会があればそのうち説明するわ」

「機会があれば、ねえ……」

俺が感想を抱いただけなのに対し、二人ともすぐに対応できるのは素直にすごいと思う。

ただ、二人の会話は、頭のいい人の腹の探り合いって感じがして怖い。俺は首を突っ込まないほうがいいような気がしてならない。

なんて思って二人のやり取りを眺めていると、ポータルにノックの音が響いた。

「あ、はい。どぞー」

話を続けていた二人はとりあえず置いておき、俺は返事をする。

すると、静かに扉が開いて小柄な女の子――織江ちゃんがおずおずと中に入ってきた。

「失礼つかまつります！」

そんなことを言いながら。相変わらずだな、この子は。

「……わあ！　本物の水奈月様だ！　わあ！」

「……織江ちゃん？」

「え！　あ、はい！　明良殿、大勝利でございましたな！　本選出場おめでとうございまする！」

彼女は、湊さんを見るやただのファンの顔になって黄色い声を上げた。

そのままなんか感極まって立ち尽くしてしまったので声をかけたら、慌てて取り繕ってこちらに近づいてきた。

うーん？　もしかして、彼女は湊さんと面識があったんだろうか。

まあ、それはともかく……。

「ありがとさん。いやま、運もよかったからな」

「運だけでもありますまい。まさに侵掠《しんりゃく》すること火のごとし、風林火山の戦いぶりでござった！」

「い、いやそうほめるほどのことはしてねーからさ……」

ほめられて悪い気はしないけど、運がよかったことも間違いない。ダメージもかなり食らったし、内容は決していいとは言えないんだよな。

決して、言われたことの意味がほぼ理解できなかったからではない。心からの謙遜である。

「またまたご謙遜を……」

「皆さん、お集まりくださりありがとうございます！」

さらに続きそうな織江ちゃんのほめ殺しを遮ったのは、イメちゃんだった。転移装置の前に立って両手を広げている。

一体いつの間に現れたんだ……いや、彼女はいつでも自由に姿を出したり消したりできるけど。

突然の出現に、全員の視線が彼女に注がれた。

「もう少し集まるまでに一悶着《ひともんちゃく》あるかと思いましたが、スムーズに進んだようで何よりです」

そう言って、イメちゃんは湊さんのほうを見てにっこり笑った。

……あれは湊さんに対する嫌みか何かだろうか。湊さんのほうは顔色一つ変えなかったけど。

「申し遅れました、ボクはこれから皆さんのサポートをさせていただきますイメと申します。よろしくお願いします！」

俺以外の相手にぺこりと頭を下げて、イメちゃんが言う。

その言葉に、空さんと織江ちゃんが不思議そうな顔をした。

「……イメ？　君が？　ぼくの知ってるイメじゃないなあ」

「拙者のサポーターもそう名乗りましたが、同名の別人でございましょうか？」

……ん？

どういうことだろう。他のみんなのサポーターも、イメって名前なんだろうか？

「イメという存在を、私たちと同じ存在と考えたらダメよ」

妙な空気が満ちたポータル内で、湊さんがそれを切り払うようにして口を開いた。今度は、彼女に視線が集まる。

「イメはあくまで、参加者全員にあてがわれるサポーターというシステムでしかないわ。そしてイメの姿や性格はその参加者が持つ理想の異性像が投影される。参加者の数だけイメは存在するの」

そのすべてが一つの意識で統一された群体だけど、と締めくくり彼女は小さく鼻で笑った。視線はイメちゃんに向けられていて、先ほどの意趣返しとでもいった感じだ。

対するイメちゃんは実際そう受け取ったようで、むう、とほおを膨らませて湊さんにじとっとした目を向ける。

「涼様ぁ、今そこまで言わなくたっていいじゃないですかあー」

「あら、共有しておいたほうがいい知識と思ったんだけど」

う、視線がぶつかって火花が見える……。

湊さん、いくらなんでもトーナメント側の人間に対して敵意持ちすぎだろって……。

「ま、まーまー二人とも。イメちゃんについて気になることは確かにあるけどさー。ここにはホラ、説明のためにみんな集まったんだし？　まずは本題を片づけようよっ」

そこに、空さんが割って入った。

ああ……さすが年長者だ。さっとあの中に入って仲裁しようとするのは、大人だよなあ。

俺、湊さんが言った意味もわからないし、この場を何とかしようなんて空気読むのもできないしだよ。ああいう風に気配りができるようになりたいもんだな。

そんな空さんの仲介で、イメちゃんは頷く。

「おっしゃる通りですね……まずはそれを最優先にすべきでしょう」

気を取り直して。そんな感じで、彼女はいつもの調子に戻った。

湊さんのほうも、涼しい顔でたたずんでいる。直前のやり取りなんてなかったみたいだ。

……女の人って、こういうところあるよね。たまに怖くなる時があるよ。

「それでは、リバーストーナメント本選について、説明させていただきます！」

こうして、俺たち四人は改めて本選の説明を受けることになる。

しかし、それによって受ける衝撃がどれほどのものか、湊さんを除いた三人はまだ知らない

――。

第26話　一蓮托生《いちれんたくしょう》

「まず、本選のルールですが基本的に予選と変わりません。ですが、大きな違いがあります」

ぴ、と人差し指を立ててイメちゃんが言う。

久しぶりに見る教師モードなイメちゃんだ。……イメちゃんそのものが久しぶりな気もするが、一人の時しか基本出てこないんだから仕方ない。

「もっとも大きな違いは、予選で下した参加者が支援に参加する点です」

「はい先生、質問です」

「なんでしょう？」

イメちゃんの言葉に、間髪容れず手を上げたのは空さんだ。あのイメちゃんを先生と呼ぶ辺り、彼の感性は案外俺に近いのかも。

先生と呼ばれたイメちゃんは、ちょっと得意そうに続きを促す。

「支援に参加ってどういうことですかー？　確かトーナメントは全部シングルスって聞いてたけど」

なるほど、確かにそうだ。俺もそういう風に説明を受けた。

織江ちゃんも頷いていて、……湊さんはどうでもよさそうに無表情。まあ彼女は知ってるだろうから当然か……。

「はい、バトルそのものはすべてシングルスです。相手と直接戦うのは、本選にあがった人……この場合、亮様のみです。ですが、他の三名もバトルに介入することができます。具体的な方法と致しましては、音声によるサポート、道具の譲渡、能力の貸与の三つです」

なん……だと……？

「本選バトルに際しまして、涼様、永治様、伊月様には全員ポータルに待機していただきます。ここで状況に応じて様々な形で亮様を支援し、優勝を目指してください」

「なるほど、ぼくたち敗退者も本選に出る、ね……」

空さんが訳知り顔で湊さんの顔を一瞥《いちべつ》する。対する湊さんは相変わらず変化なし。

……織江ちゃんは完全に前情報がなかったから、首をひねってるな。

「音声によるサポート、ってのはつまり、バトルを見てるみんなから意見をもらったりできるってことー？」

「はい、その通りです。状況を俯瞰《ふかん》できる仲間からの意見ですので、お役に立つかと思いますよ」

つまり、湊さんからも意見がもらえるってことだな？　これはでかい。

あれだけ頭がよくて、俺にも空さんにも常に優位に戦い、能力も見極められる彼女が控えにいるなら、これほど心強いものはない。俺にないものを、大体持ち合わせているんだからな。

彼女が助けてくれるかどうかは、また話が別だけど……。

「アイテムの譲渡、っていうのはー？」

「ポータルに待機している三名のアイテムボックスから、任意のアイテムを一バトルにつき最大五個まで転送することができます。どれを送るか、いつ送るかは自由です。ただし、一度に転送できるのは一人のものを一つのみ。また、アイテム転送ポイントと呼ばれる特定の場所にしか転送することはできないうえ、転送完了にはタイムラグがありますので、タイミングにはお気をつけください」

「せっかく送ったアイテムが、相手に使われる可能性もあるってことでおけ？」

「はい、その認識で構いません」

「把握」

……俺が疑問に思ったことは、大体空さんが解決してくれるなあ。織江ちゃん共々、口を挟む隙がまるでない。

この辺りも年の功か。……いや、単純に空さんも湊さん並みの秀才ってことかなあ。

「最後に能力の貸与ですが、これは他三名の能力を亮様に貸し与えることができるものです。つまり、亮様はバトル中に他の方の能力を使うことができます」

「マジで!?」

「マジです！」

あ、このやり取り久しぶり……。

「ってことは、バトル中の選択肢がかなり広がるね」

「そっすね。特に空さんの能力が味方って考えると、守りめっちゃ頼もしいっす」

「能力を組み合わせるってやり方も出てくるよね。すぐには思いつかないけどさ」

「それはまた熱いっすね！　俺も思いつきませんけど」

「し、しかし……それは相手も同じことなのでは？」

織江ちゃんの指摘が俺たちに刺さる。

ヘルプアイをイメちゃんに向けたところ……。

「もちろんです。相手も合計四つの能力を持つことになるので、より観察が大事になるかもしれませんね」

とのことである。うわ、きっつい。

「マジか……一つでも大変だったのに……」

「拙者、その辺りは自信ないでござる……」

俺みたいなわかりやすい能力ならいいんだけど、それがすべてでもないだろうしな……。

「能力の貸与ですが、バトル中、一度に貸与できる能力は最大二つまでとなります。その時々の状況で、入れ替わるなどの対応が求められます。どれを使うかは任意ですが、亮様の能力はもちろん外すわけにはいかないので、組み合わせにはご注意ください」

二つまで……さすがに全員の能力を同時には使えないか。……まあ当然だよな、それができたら強すぎる。

「最後に、最も気をつけるべきことを。以上三つの支援行動は、すべてこの転移装置を使用します。一つの行動につき、一つを使用します。そのため、すべてを同時に行うことはできません」

「……つまり、音声サポートを常に受けたければ、支援枠一つを常に潰す必要があるわけだ。能力の貸与も同じく。逆に言うと、能力貸与を二つもやったら、音声サポートはおろか道具の転送すらできないわけで？　ムムッ、それぞれのバランスをどう取り持つかが難しいところだねぇ」

「おっしゃる通りです。また、いかに手早く支援行動を切り替えられるかもバトルの勝敗を分けたりするので、お三方におかれましてはその点もお気をつけください」

えーっと、転移装置が右と左で一つずつで……ああ、だから同時に使えるのが二つまでってことか。ポータルって、ただの窓口だと思ってたけどいろいろ見越してあるんだな。

……俺の理解が空さんに比べてめっちゃ遅い。悲しくなってくるぜ。

「本選について、説明は以上になります。ここまでで何かご質問はありますか？」

「はーい」

手を上げたのは、またしても空さんだ。

「肝心なことが説明されてないよー」

空さんはそう言って、今までとは一転して睨《にら》むような鋭い視線をイメちゃんに向けた。

「ぼくたちがこの支援に参加するメリットは？　ただ他人の転生を助けるためだけなんて、ぼくはできれば御免なんだけどな？」

……もっともな話だ。

自分にどれだけ利益があるか、損得をしっかり考えて行動できるのは大人だなーって思う。俺が逆の立場だったら、何も考えずオーケー言ってそうだ。

どっちがいいかは一概には言えないと思うけど、一つの線引きを明確に持っているのは大事だよな。

もちろん、それだけの大人にはなりたくねーけど。

「皆さんにも、当然メリットはございますよ。本選出場者である亮様が上位入賞を果たして転生の権利を勝ち取ったら、皆さんにも限定的ではありますが転生が認められます」

「まーじーで⁉」

イメちゃんの回答を受けるや否や、空さんは目の色を変えて彼女に詰め寄った。

「ホントに⁉　転生できるの⁉」

「限定的、ですけどね？」

「いいよいいよ、どっちみち負けたんだし！　もうチャンスないと思ってたし！　何か抜けがあってもこの際いいよ！」

空さんが吼えている。かと思えば、突然俺のほうに向かってきて手を取ると、全力で手を握ってきた。

「リョー君！　ぼく死ぬ気で応援するよ！　なんだってするから！　だからぼくらの分までお願いだよ‼」

「ぅえあ、は、はあ、その、がんばるッス」

あまりの勢いに、そう答えるのがやっとだった。

うーん、人によって差はあるのはわかってたけど、こんなに転生したいと思ってる人もいるんだな。よっぽど生前やり残したことがあったんだろう。

「あ、明良殿！」

「お、おう？」

「拙者も明良殿を応援致しますぞ！」

織江ちゃんもかよ。

あんまりそうは見えないけど、空さんに負けた後の姿を考えると、この子も何かしらやりたいことがあったんだろうなあ。

しかし、俺はそこまで生前に未練はない。こうなりたいという夢だってあったけど……なんだかんだで、幸せな人生だったんだろう。家族の仲もよく、友達づきあいも楽しくやっていた。ちょっと刺激が足りないと思ってはいたけど、ああいうのが幸せってことなのかもしれない。

とはいえ、ここで「や、俺別に転生には興味ないんで……」とか言うのはさすがにまずいってことくらい、俺でもわかる。ここは合わせておくべきなんだろうな。

「これからは拙者を家臣と思いお使いください。そして、よろしければお館様と呼ぶことをお許しいただければ……！」

「ん、うん、わ、わかった。好きにしてくれ」

……織江ちゃんもブレないな。とことん戦国時代のスタイルにこだわるつもりなのか。

俺としては親方だのなんだのってガラじゃないし、そもそも人を使うって考え方は好きじゃないんだけどな。

とはいえ、本人がそうしたいって言うなら俺からどうこう言うのもね。どうしても譲れないところは俺だって意見はするし、呼び方とかその程度なら別に構わない。

「よ、よーし。そんじゃこの四人で優勝目指すぞー！」

「「おー！」」

こうして俺たちは、一致団結を果たし……てなかったわ。

「やれやれ……」

一人。そう、湊さんが大きくため息をついたのだ。

水を差すようなその行為に、全員が目を向ける。だが、返ってきた視線はすごく冷めていた。

『限定的』という言葉の真意も聞かずに、よくそこまで盛り上がれるわね？」

「……いいじゃん。ぬか喜びになるかもしれないけど、それでもないよりは」

こういう時、湊さんに意見できるのは空さんくらいのもんだ。

彼は首を傾げ、……ながらも怪訝《けげん》そうに湊さんを見つめている。

「最悪の場合、権利取得者がすべての権利を持っていったとしてもそう言える？」

「……どーいうことさ？」

「転生の権利というのは……」

「あっ、あー、あーっ、涼様、ボクの出番を取らないでくださいよう！」

説明しかけた湊さんを、イメちゃんが大慌てで遮った。

出番て。

いや、確かにここ最近、彼女に何か質問することはほとんどなかったけど。

「じゃあ、説明どうぞ。言っておくけど、あなたが説明をあえて省いたものは全部私が説明するから、今のうちに全部言っておいたほうがいいわよ。これは私たち参加者が当然共有すべき知識なんだから」

「わ、わかってますよー」

ぷう、とほっぺを膨らませてイメちゃんが答える。

が、すぐに居住まいを正して俺たちに向き直った。

「転生の権利は、準決勝まで到達した上位入賞者に与えられます。つまりベストフォーに入れば、転生できるわけですね」

そして、そういえば今まで具体的に聞いたことのなかった部分の説明が始まる。

「与えられる権利の内容は、『百文字以内で設定した条件での転生』となります。百文字という制限の中で記載した条件は、ごく一部の例外を除いてすべて転生に適応されるのです。そして、優勝者にはその条件設定用文章枠を四つ、準優勝者には三つ、上位入賞者には二つ与えられます。この文章枠をどう使うかは、もちろん獲得者次第なのですが、一人ですべてを使い切る必要はありません。つまり、共に戦いを勝ち抜いてきた仲間に分け与えることができるのです」

「へえー、自由に転生の条件を付けられるの。ってことは、次生まれる時はもっと頭よくなって、とか。もっと才能を持って、とか。そういうことができるってこと？」

「はい、才能に関する記載は皆さんが一番設定にこだわる部分ですね」

「あ、やっぱりそういう過去の事例は多いんだね」

「そうですね。あと多いのは、お金持ちに生まれたいとか、権力者の子として生まれたいとか、そういうのでしょうか。ミーハーな方だと、特定の有名人の子として生まれたいというのもあったりしますね」

「そ、そのような設定も可能と？」

「可能です。ただし、特定の人物を指名する場合は明確にフルネームを記載する必要があるので、認められないことも多々ありますね。本名と思っていたものが実は芸名だった、実はもっと長かった、などがその理由です」

「か、過去の人物でも？」

「はい、可能です」

「できるのですか⁉」

「まーじーで。それはぼくもちょっと気になる」

……できるの⁉　過去の人でも可能って、それ、そんなことしていいの⁉

だって、転生したら生前の記憶保ってるんでしょ？　そんなことしたら、歴史変わっちゃうんじゃ……ほら、えーっと、なんだっけ。タイムなんとかックスってやつが起きちゃうんじゃないの？

「可能ですが、対象とする故人に戒名などの死後の名前が与えられていた場合、そちらを使用する必要があります。ですので、一般の方が故人を名指しで転生を実行できるのは、せいぜいここ数十年程度ですかね」

あ、ちゃんと対策はしてあるんだな……。

「さ、左様ですか……。ま、まあ、何もかもうまくいくわけではありませんものな」

織江ちゃん、明らかにがっかりしてる。

いやー、あれは間違いなく本気で戦国時代を狙ってたね。具体的には甲斐の虎のあの人とか。

ただ、歴史上の人物のところに転生は……確かに、ちょっとおもしろいかもしれない。

ふむ、そう考えると転生もそこまで捨てたもんじゃないのか。前世の延長って形で来世を考えるなら、ある種強くてニューゲームするのと似たようなもんで。

……なんていうか、本当にこのリバーストーナメントはゲームを参考にしまくってるんだな。どの神様が作ったんだろう……。

「いやー、夢が広がりんぐだね！　しかし、そうなると、百文字って制限はちょっち厳しいねー」

「それは同感っすね……」

自由に転生する条件を決められるのはありがたいけどな。つぶやきSNSだって百四十だぜ？

「問題は」

盛り上がっていた俺たちに、冷静な声が届く。もちろん、湊さんだ。

「設定の条件よりもその枠の数よ。最悪の場合、得られる枠は二つだけ。明らかに足りないわ。あなたならどうする？」

「でも、もらった権利は全部仲間にあげることもできるんだよな？」

「もちろんです。……過去にその例はありませんけど。しかし逆に言えば、もらった権利をすべて自分で使い切ることも可能なのです」

「……あ、そうか」

「リョー君は優しいなあ……普通、独り占めのほうが先に思い浮かぶと思うよ」

そ、そーいうもんかな？　単純に名案だと思っただけなんだけど……。

「でも、スズちゃんが言いたかったのはそういうことだね？」

「ええ。優勝しても得られる枠は四つ。全員で平等に分割できるギリギリのラインですら、一位にならないと得られない。だから普通ならもめるでしょうよ。必ずのけ者にされる人が出てくるわけだもの。私たちは一蓮托生なのよ。よくも悪くもね」

「なるほどねー、確かにこれは全員が共有すべき知識だ」

でも、さすがに俺でもよくわかりました。

少なく、そして分けることのできないものを分けなきゃいけない時って、大体ケンカになるもんな。全員がどうしてもそれを欲しいってなった時、人間ってなかなかわかり合えないしなぁ。

ただ、今回に限って言えばそれは起こらないので大丈夫だ。なんたって、

「まあ大丈夫っすよ。俺、絶対転生したいって思ってるわけじゃないんで。もし枠足らなかったら最初に降りますんで」

ってわけだからな。

俺がそう宣言すると同時に、空さんと織江ちゃんの視線が一斉に向けられる。

少しだけ沈黙があったが……。

「あなたが神か‼」

空さんが一気にテンション吹っ切れて土下座してきた。

「ありがとう……そしてありがとう‼」

「いや、ちょ……っ、そ、空さん！　いくらなんでもやりすぎっすよ！」

なんていうか、あっちこっちテンションが迷子になる人だな！　とてもこのガリッガリな見た目の人とは思えないエネルギーを感じる。

見ていて飽きないけど、たまにどう対応すればいいのかわかんねーよ！

「いや、それくらいしたくなる話なんだよ！　ここに来てる以上誰だって転生はしたいはずなのに、自分から辞退できるとか……リョー君って聖徳太子《しょうとくたいし》か何かの転生体なんじゃ？」

「んなバカな」

思わず笑っちまったよ。だとしたら、俺はもっと頭いいはずだって。

「いやーでも、俺は転生より戦いそのものが目的っていうか……」

「まーじーで。ホント君変わってるね……」

「そっすかね……？」

俺が首をかしげていると、視界の端で織江ちゃんが頷いてる。イメちゃんはにここにこしてるだけで、ノーリアクション。

湊さん……には、諦めろと言いたげに首を振られた。

そうか……俺は変わってるのか……。

そんなつもりは生前まったくなかったんだが。死んだというのに、どうやら妙な個性を新しく得てしまったようだ。

「えと……まあそんなわけで、転生より勝ち負けが気になるだけっつーか？　だから、枠が足りない時は俺の使ってくれよ。まあ、みんなのためにもぜってー勝つけどな！」

「キャーリョーサーン！」

「お館様……なんと申せばよいか……！」

「みんなで勝ちに行こうぜ！」

「「おーっ！」」

こうして俺たちは一つにまとま、……りはしないんだな、これが。

湊さんは、結局最後まで俺たちの輪の中には入ってこなかった。

彼女がどうするつもりなのか、俺は少し知ってるわけだが……このことを話すべきだろうか？

たった一人でトーナメントを台無しにすることができるとは思えないけど……湊さんの能力は並みじゃない。もしかしたらもしかする。

というより、結果トーナメントを台無しにできるかどうかより、彼女が何かしでかすんじゃないかという心配のほうが大きいかも。事件を起こすだけならそこまで難しくないだろうし。

彼女一人の暴走で、他の二人が転生の資格をなくしたりするのは心苦しい。

……うーん、俺はどうすべきだろう。どうするのが正解なんだろうなあ。

俺としては、このまま四人で勝ち進みたいんだけどね？　なあ、湊さんよ……。

天野緋真（あまの・ひさな）

愛知県出身。2007年から小説投稿サイト「小説家になろう」で作品の発表を始め、本作でデビュー。

レジェンドノベルス
LEGEND NOVELS

リバーサイド・リバイバー 賽《さい》の河原《かわら》の生還《せいかん》戦争《せんそう》

2020年8月5日　第1刷発行

［著者］　天野緋真《あまのひさな》
［装画］　萩谷《はぎや》　薫《かおる》
［装幀］　世古口敦志（Coil）

［発行者］　渡瀬昌彦
［発行所］　株式会社 講談社
〒112-8001 東京都文京区音羽2-12-21
電話　［出版］03-5395-3433
［販売］03-5395-5817
［業務］03-5395-3615

［本文データ制作］　講談社デジタル製作
［印刷所］　凸版印刷 株式会社
［製本所］　株式会社 若林製本工場

N.D.C.913 287p 20cm ISBN 978-4-06-520668-3